KB195633

그 애는 달빛처럼 신비롭고
서리처럼 차갑게 반짝이며
별빛처럼 찬란하지만,
밤하늘처럼 어둡고
심술궂은 장난꾸러기야.

빅토리아 스티치

3 요정의 섬과 새로운 왕

빅토리아 스티치

3 요정의 섬과 새로운 왕

해리엇 먼캐스터 지음 · 심연희 옮김

을파소

즐거운 시간 보내길.

– 사랑과 마법과 반짝이를 담아

해리엇 먼캐스터가

프롤로그

감방에 웅크려 앉아 있던 어슐라인의 귀에 저벅저벅 다가오는 간수 요정의 발소리가 들렸다. 이윽고 철창살 사이로 신문이 불쑥 들어오더니, 딱딱한 돌바닥에 탁 떨어졌다. 간수 요정은 키득거리는 웃음소리와 함께 자리를 떴다.

어슐라인은 침대에서 벌떡 일어났다. 찰랑거리던 긴 머리카락이 산발이 되어 엉켜 붙었다. 간수 요정들은 가끔 죄수들을 약 올리려고 다 읽은 신문을 감방에 던져 주곤 했다. 위스클링 숲에서 추방된 죄수들이 과거에 누렸던 삶을 그리워하라면서 말이다.

허둥지둥 신문을 집어 든 어슐라인은 기사 제목을 읽자마자 분노가 솟구쳤다.

빅토리아 스티치,
동생 셀레스틴과 나란히 왕이 되다

새로운 다이아몬드 아기가
크리스털 동굴에서 반짝 빛나다

어슐라인은 이글이글 불타는 눈빛으로 신문을 움켜잡았다. 구겨진 가장자리가 금방 찢어져 버렸다. 분노로 머릿속이 쿵쿵 울렸다.

빅토리아 스티치! 인간 세계로 사라졌다고 들었는데 결국 다시 돌아왔구나. 인간한테 콱 밟혀 사라지길 간절히 바랐건만!

화가 난 어슐라인은 감방 안을 이리저리 돌아다니며 신문에 실린 빅토리아의 얼굴을 노려보았다. 자신을 이곳에 가둔 빅토리아를 생각하니 기사 한 글자 한 글자가 몹시 거슬렸다.

위스클링 숲으로 돌아온 빅토리아 스티치는 맨몸으로 유리문을 산산조각으로 깨뜨리며 왕궁에 꽃송이를 타고 날아 들어가 쌍둥이 동생 셀레스틴 왕을 구해 냈다!

그러고는 왕궁 앞 광장에 모인 위스클링 요정들 앞에서 발코니 커튼 뒤에 숨겨져 있던 끔찍한 사건을 드러냈다.

믿음직한 왕실 고문, 아스트로펠 경이 셀레스틴 왕에게 지팡이를 겨누고 있었던 것이다. 아스트로펠 경은 금지된 마법 중에서도 가장 끔찍한 마법을 써서 셀레스틴 왕을 죽이려 했다.

그런데 때마침 빅토리아 스티치가 나타나 우리의 왕을 구하고, 아스트로펠

경의 검은 속내를 모든 위스클링 요정 앞에서 밝힌 것이다.

셀레스틴 왕은 연설을 통해 왕실 고문을 없애고, 쌍둥이 언니와 공동으로 왕이 되어 위스클링 숲을 다스리겠다고 말했다.

"빅토리아는 참으로 어리석고 위험한 짓을 했습니다. 하지만 제가 햇빛이라면, 빅토리아 스티치는 달빛입니다. 우리는 하나의 다이아몬드에서 같이 태어났습니다. 위스클링 숲을 제대로 통치하기 위해서는 빛과 어둠이 모두 필요합니다. 언니는 바뀔 수 있고, 저와 나란히 왕의 자리에 앉아 선하고 공정한 왕이 될 겁니다."

이로써 우리의 왕은 둘이 되었다. 바로 셀레스틴 왕과 빅토리아 왕이다. 또한 새로운 왕족 아기가 탄생할 예정이다!

어슐라인은 곧바로 다음 기사를 읽었다.

어제 크리스털 동굴에서 다이아몬드 요정 아기가 탄생할 징조가 보고되었다. 열한 달이 지나면 위스클링 왕국의 새로운 왕자 또는 공주가 탄생할 것으로 보인다. 다이아몬드에서 태어난 위스클링 요정은 전통에 따라 바로 왕궁으로 보내져서 왕실 가족의 보살핌을 받으며 다음 왕이 될 준비를 한다.

셀레스틴 왕과 빅토리아 왕은 곧 부모가 될 것이다!

어슐라인이 눈살을 찌푸리면서 바닥에 신문을 내던졌다. 분노로 심장이 쿵쿵 뛰었다.

그때 바깥에서 낯선 소리가 들렸다. 노인 요정이 무어라 시끄럽게 지껄이며 항의하는 목소리가 메아리치며 점점 가까워졌다.

"이건 다 빅토리아 스티치가 꾸민 일이야! 빅토리아 스티치의 음모라고!"

어슐라인은 얼른 철창으로 다가가서 바깥을 내다보았다. 저 요정은 아스트로펠 경이잖아! 그럴 줄 알았어! 지금 감옥에 갇힐 요정은 저 요정뿐이지!

아트스로펠 경은 간수 요정들에게 양팔을 잡힌 채 질질 끌려오고 있었다. 수염은 엉망으로 헝클어지고, 부숭부숭한 눈썹은 잔뜩 찌푸려져 있었다.

이거 재미있네. 어슐라인은 눈을 가늘게 뜨고 저 멀리 사라지는 아스트로펠 경을 바라보았다. 이윽고 문이 쾅 닫히는 소리와 자물쇠가 철컥 잠기는 소리, 분노에 찬 비명이 들렸다.

어슐라인은 종종걸음으로 침대에 돌아가 앉았다. 들끓던 분노가 진정되니 제법 머릿속이 맑아졌다. 신문에 실린 빅토리아의 이름에 옛 생각도 떠올랐다.

평범한 위스클링 요정이라면 발도 들이지 않을 황량한 북쪽 숲에서 둘이 함께 지냈던 밤. 그때 같이 피웠던 모닥불 내음이 아직도 가끔 꿈에 나왔다. 캄캄한 밤, 머리 위로 반짝이는 별을 보며 같이 마셨던 핫초코도, 《위스클링 서》표지에 박힌 보석에 손톱이 부딪치며 나는 맑은 소리도 여전히 생생했다.

그래,《위스클링 서》.

어슐라인은 한때 금지된 마법책을 갖고 있었다. 그걸 빅토리아와 같이 보고, 빅토리아에게 자신이 아는 모든 걸 가르쳐 주기까지 했다. 외톨이였던 어슐라인과 빅토리아는 비밀을 나눈 끈끈한 사이가 되었다. 나쁜 요정들만의 반짝이는 비밀이 둘 사이에 있었다.

둘은 함께 음모를 꾸미고, 계획을 세웠다. 어슐라인은 일부러 빅토리아를 부추겼다. 빅토리아가 태어난 다이아몬드에 그어진 검은 얼룩이 불길하다며 왕족으로 인정하지 않던 아스트로펠 경과 달리 어슐라인은 빅토리아에게 왕이 될 수 있다고 속삭였다.

그래서 둘은 금지된 마법으로 왕의 자리를 차지하려는 계획을 세웠다. 빅토리아가 왕이 되어 모두의 앞에 서면, 어슐라인은 뒤에서 빅토리아를 조종하려 했다.

하지만 빅토리아가 변하고 말았다. 더는 어슐라인을 필요로 하지 않았다. 결국 빅토리아는 어슐라인을 배신하고, 동생인 셀레스틴 편에 섰다.

그때를 떠올린 어슐라인이 자기도 모르게 얼굴을 일그러뜨렸다.

빅토리아와 어슐라인, 둘의 어두운 마음이 싸움 끝에 날카롭게 부딪쳤다. 어슐라인은 복수를 맹세하며 빅토리아를 죽이기로 마음먹었다.

그런데 꼴 보기도 싫은 빅토리아의 동생, 셀레스틴 때문에 모든 것이 어그러졌다. 셀레스틴이 빅토리아를 도우러 오지만 않았더라면 계획은 성공했을 텐데. 셀레스틴의 등장으로 상황은 빠르게 뒤집혔고, 눈 깜짝할 사이에 어슐라인은 감옥에 갇히고 말았다.

어슐라인이 이를 갈았다. 감옥에 갇힌 첫날 밤을 생각하니 다시금 분노가 들끓었다. 나는 이렇게 영원히 갇혀 있어야 하는데 빅토리아 스티치는 자유롭게 날아다닌다니!

빅토리아가 인간 세계로 사라졌을 땐 그나마 괜찮았다. 인간에게 짓밟히는 빅토리아를 상상하면서 마음의 위안을 얻을 수 있었으니까. 그런데 지금은 빅토리아가 위스클링 숲으로 돌아온 것도 모자라 언제나 자신이 원하던 그 자리에, 바로 왕의 자리에 앉았다고? 게다가 셀레스틴과 함께 나란히 나라를 다스리고 곧 새로운 다이아몬드 아기가 태어나기까지 한다니.

정말이지 구역질 나.

열한 달 뒤

왕실에 새로운 기쁨이 탄생하다!

어제 아침, 오랫동안 기다려 온 다이아몬드 요정 아기가 마침내 태어났다! 요정 아기는 공주님으로, 이름은 미니 스티치로 정했다고 왕실은 발표했다. 두 왕은 새로운 왕실 가족의 탄생에 무척 기뻐하고 있다.

셀레스틴 왕은 "참 아름다운 아기예요!"라고 외쳤으며, 빅토리아 왕은 "아기가 이토록 작을 줄은 몰랐다"며, "내 팔이 너무 앙상하고 딱딱해서 이 애를 잘 안을 수 있을까 걱정이다"라고 말했다.

발표에 따르면 미니 스티치 공주의 공식적인 어머니는 셀레스틴 왕뿐이라고 한다. 빅토리아 왕은 '재미있는 이모'가 되고 싶다는 태도를 고수했다.

탄생의 순간에 있던 크리스털 키퍼, 에릭 잉크캡은 "공주님의 탄생은 아주 빠르게 진행되었습니다! 셀레스틴 왕과 빅토리아 왕이 태어나셨을 때와 아주 비슷했습니다. 다이아몬드가 아무런 전조도 없이 갑자기 쩍 갈라졌죠. 저는 떨어지는 아기를 받아 내기 위해 아주 빠르게 뛰어야 했습니다! 왕실 다이아몬드들은 아주 극적으로 움직이는 것 같습니다"라고 말했다.

다이아몬드 조각은 금고로 보내졌고, 미니 스티치 공주는 왕실의 후계자가 되었다.

우리 모두 두 왕에게 따스하고 빛나는 축하의 인사를 보내도록 하자!

기자 위니카 베리

제1장

미니 스티치 공주가 태어나고 9개월 뒤

위스클링 숲의 명절인 위스크마스 일주일 전이었다. 빅토리아와 셀레스틴은 매년 열리는 겨울 눈꽃 무도회를 준비하느라 바빴다. 셀레스틴은 시녀 요정들과 함께 크리스털 샹들리에에 반짝이는 눈송이 장식을 달았고, 빅토리아는 미니를 품에 안고 어르며 그 모습을 지켜보았다.

미니는 계속 울어 댔다.

"왜 그러는 거야? 몇 시간째 울고만 있잖아."

꽃송이를 타고 샹들리에 주위를 돌던 셀레스틴이 소리쳐 물었다. 빅토리아는 짜증스레 대답했다.

"내가 어떻게 알아! 울음소리를 너무 오래 들어서 머리가 아플 지경이야! 산책 좀 다녀올까 봐."

"좋은 생각이야."

하지만 대답과 달리 셀레스틴은 한쪽 눈썹을 슬쩍 치켜 올렸다. 빅토리아가 미니를 핑계로 밖으로 나가려 한다는 걸 알고 있기 때문이다.

빅토리아는 모르는 척 무도회장을 나가 크리스털 계단을 폴짝폴짝 올랐다. 치맛자락이 나풀댈 때마다 치마에 박힌 수백 개의 얼음 별 모양 다이아몬드 장식이 반짝였다.

"자, 미니. 시끄럽고 정신없는 무도회장을 벗어났으니 놀러 가자!"

얼굴을 찡그리며 울던 미니가 장난스레 말하는 빅토리아를 빤히 올려다보았다. 그러더니 금방 울음을 뚝 그치고 방긋 미소를 지었다. 미니는 빅토리아를 아주 좋아했다. 다른 요정들은 아직도 걸핏하면 화를 내고, 으스스해 보이는 빅토리아를 좀 경계했는데도 말이다.

빅토리아는 미니에게 따뜻하고 보송보송한 까만색 양털 잠옷을 입혔다. 잠옷에는 커다란 은색 방울이 달려 있었다.

"자! 아주 으스스하고 멋진 위스클링 요정 아기 같네!"

빅토리아가 흡족하게 조카를 바라보았다. 미니의 옷을 고르는 건 참 즐거운 일이었다. 셀레스틴이라면 좀 더 알록달록한 옷을 입혀야 한다고 우겼겠지. 연노랑이나 연분홍 같은색으로 말이다.

셀레스틴은 종종 빅토리아에게 불평을 해 댔다.

"아기에게 까만색 옷만 입혀선 안 돼!"

그럴 때면 빅토리아는 씩씩대며 받아쳤다.

"왜 안 돼? 난 항상 까맣게 입고 다니는데. 그게 뭐가 잘못됐어?"

그러면 셀레스틴은 우물우물 대꾸할 수밖에 없었다.

"그건 좀…… 우울해 보이잖아."

빅토리아는 미니를 품에 꼭 안고서 계단을 내려갔다. 미니의 작고 따스한 몸이 안겨 오는 느낌이 참 좋았다. 나에게 조카가 생기다니, 아직도 믿을 수가 없어! 왕실 다이아몬드에서 자그마한 요정 공주가 태어나다니!

빅토리아는 부모가 되고 싶은 적이 한 번도 없었다. 사실 이모가 되고 싶은 마음도 없었다. 물론 지금은 모두가 자신을 '미니 이모'라고 불러 주길 바라지만 말이다. 사실 이모나 부모나 그게 그거기도 하고.

심지어 아기를 키우고 싶은 적도 없었다! 하지만 왕실 다이아몬드에서 아기가 태어나자, 어쩔 수가 없었다. 다이아몬드에서 태어난 모든 요정 아기는 전통에 따라 곧바로 왕궁으로 보내져 왕실 가족의 보살핌을 받으면서 다음 왕이 될 준비를 해야 했다.

하지만 지금은 미니와 가족이 되어 참 다행이라고 생각했다. 미니와 있을 때면 밝고 당당해졌으니까.

빅토리아는 유아차를 세워 둔 왕궁 정문으로 갔다. 금으로 된 커다란 바퀴와 왕실 문양을 더불어 보석이 박힌 유아차는 무척 화려했다. 빅토리아는 미니를 유아차에 앉히고 안전띠를 채운 다음, 미니를 향해 미소 지으며 망토를 입었다. 가장자리에 까만 반점이 박힌 털이 덧대어진 망토는 무거운 만큼 무척 따뜻했다.

"그럼 갈까?"

빅토리아가 묻자, 미니는 만족스러운 듯 옹알이를 했다. 그때, 셀레스틴이 왕궁 정문으로 날아와 물었다.

"지금 가는 거야? 어머, 미니가 울음을 그쳤네. 이제 유아차에 태운 채로 무도회장으로 와도……."

"미니가 또 언제 울지 몰라!"

빅토리아가 급히 말했다. 셀레스틴은 미심쩍다는 듯 눈썹을 치켜올렸다.

순간, 빅토리아는 심술궂은 얼굴로 속삭였다.

"셀레스틴…… 무도회장 장식을 빨리 마치고 싶으면《위스클링 서》에 있는 마법을 쓰는 방법도 있어. 그 책만 있으면 뭐든지 할 수 있다고."

깜짝 놀란 셀레스틴이 숨을 들이마셨다.

"빅토리아 스티치! 언니가 그런 말을 하면 안 되지!《위스클링 서》에 있는 마법은 절대로 써선 안 된다는 거 알잖아! 그리고 그 책은 아무도 보지 못하도록 위스클링 중앙 도서관에 봉인되어 있어. 언니가 규칙을 어기는 일이 없었으면 좋겠어. 이제 언니는 왕이야! 우리는 위스클링 요정들에게 모범이 되어야 해!"

"농담이야."

빅토리아가 어깨를 으쓱이며 다급하게 덧붙였다. 셀레스틴이 생각 없이 한 말을 이렇게 심각하게 받아들일 줄은 몰랐다.

"그런 농담은 재미없어."

"미안해."

빅토리아가 곧바로 사과했다. 셀레스틴은 지난 몇 년간 빅토리아를 위해 많은 노력을 했다. 빅토리아가 왕이 될 수 있던 건 셀레스틴이 빅토리아를 믿지 못하고 못마땅해하는 위스클링 요정들을 모두 설득한 덕분이었다.

"셀레스틴 네 말대로 무도회장 장식하는 거 도와줄게. 미니도 울음을 그쳤으니까."

빅토리아가 이어서 조심스레 말했지만, 셀레스틴은 고개를 저었다.

"아냐, 괜찮아. 밖에 나가는 게 미니에게도 좋겠지. 다행히 틴젤과 앰버가 도와주기로 했어. 곧 올 거야. 그럼 이따 보자, 사랑스러운 우리 요정 공주님."

셀레스틴은 고개를 숙여 유아차에 앉아 있는 미니에게 입맞춤을 퍼부었다.

제2장

빅토리아가 호위 요정들을 거느리고 왕궁을 나섰다. 오후
인데도 무척 추웠다. 나무 그림자가 드리워진 바닥에 낀 살
얼음이 설탕을 뿌려 놓은 듯 반짝였다. 낮게 뜬 태양이 겨울
하늘을 금빛으로 물들였다. 빅토리아는 무척 뿌듯했다.

내 삶이 이렇게 멋지게 변할 줄은 상상도 못 했어. 가진 게
아무것도 없던 때도 있었는데, 지금은 모든 걸 가졌잖아. 동생
셀레스틴과 조카 미니가 옆에 있고, 그토록 바라던 왕의 자리
에도 앉았다. 비록 동생과 함께 왕이 되긴 했지만 말이다.

하지만…… 솔직히 때로는 왕궁에서 사는 삶이 좀 지루하
기도 했다. 그러나 지금 빅토리아는 왕이고, 이제는 미니도
있으니까 참을 만한 가치가 있었다.

왕궁 앞 스펠브룩 상점가는 위스클링 요정들로 붐볐다. 모두가 벌떼처럼 바삐 움직였다. 그런데 빅토리아가 유아차를 밀며 왕궁 밖으로 나오자 모두가 걸음을 멈추고 일제히 고개를 돌려 빅토리아를 쳐다보았다.

"왕이 나오셨어!"

위스클링 요정들의 나지막한 속삭임이 들렸다.

"아기 공주님도 함께야!"

하지만 빅토리아가 가까워지면, 다들 급히 옆으로 비켜났다. 어떤 요정들은 조금 무서워하는 기색이었다.

빅토리아는 미소를 지어 보려 했지만, 그럴수록 얼굴이 일그러졌다. 왕궁 밖에 나가면 반드시 웃어야 한다고 셀레스틴이 언제나 말했는데.

"위스클링 요정들이 언니를 좋아하길 바란다면, 언니는 아주 많이 노력해야 해!"

사실이었다. 빅토리아는 위스클링 숲에 많은 피해를 입혔다. 특히……《위스클링 서》의 금지된 마법으로 왕의 자리를 차지하려 한 건 부정할 수 없었다. 물론 빅토리아만의 잘못은 아니었다. 귀족 대표인 아스트로펠 경이 자매가 태어난 다이아몬드가 순수하지 않다며 빅토리아를 왕족으로 인정하지 않았기 때문이었으니까.

게다가 빅토리아는 위스클링 숲 밖에서 어마어마한 잘못을 저지르고 말았다. 나오미라는 인간 여자아이에게 모습을 드러낸 것이다(사실 빅토리아는 아직도 가끔 몰래 나오미를 만나고 온다). 나오미뿐만 아니라 다른 인간들에게도 모습을 드러내서 인간 세계에서 유명해지기도 했다. 감옥에 갇혀 마땅한 일이었다.

　하지만 셀레스틴은 왕의 권한으로 빅토리아를 구해 줬다. 그리고 빅토리아와 함께 위스클링 숲을 다스려야 한다고 모두를 설득했다. 달빛과 햇빛처럼 둘이 왕이 되어야 한다고 말이다.

　인간에게 모습을 드러내는 바람에 위스클링 숲을 위험에 빠뜨릴 뻔했던 기억을 떠올리자, 빅토리아는 몸서리를 쳤다. 하지만 곧바로 고개를 저으며 생각을 떨쳐 버렸다. 과거에 연연하지 말자. 그러고는 오뚝하고 끝이 까만 코를 높이 치켜들고 호위 요정들을 거느리며 복작이는 상점가를 걷기 시작했다.

　스펠브룩 상점가는 위스클링 숲에서 가장 오래되고 화려한 거리다. 거리 양쪽으로 우뚝 선 거대한 떡갈나무와 플라타너스, 너도밤나무 줄기 속에 자리한 고급 가게와 음식점, 카페 들이 쭉 늘어서 있었다. 나무 사이로 불룩 튀어나온 유

리창에서 새어 나오는 따스한 빛이 손님들을 향해 어서 오라
며 반짝였고, 고개를 들면 나뭇가지마다 빛나는 전구가 대롱
대롱 걸려 있었다.

"미니, 저길 봐! 참 예쁘지!"

빅토리아 말에 미니는 이모를 빤히 올려다보았다. 눈을 반
짝이는 미니의 더듬이에서 복숭앗빛 불꽃이 뿜어져 나왔다.

빅토리아는 유아차를 밀며 상점가를 거닐었다. 위스클링
요정들은 빅토리아와 마주치면 "즐거운 위스크마스!"라고 나
지막이 인사말을 중얼거리곤 허둥지둥 비켜나기 바빴다.

상점가는 흥겨웠다. 거리를 따라 놓인 솔방울마다 빛나는
장식 끈과 구슬, 별 모양 조명이 멋지게 장식되어 있었다. 그
주위에서는 합창단이 핸드 벨 반주에 맞춰 눈꽃 캐럴을 부르
고 있었다.

위스클링 요정들은 장갑 낀 손으로 도토리 컵을 들고 핫
초코를 홀짝홀짝 마시며 이리저리 떼 지어 다녔다. 그 모습
을 본 빅토리아는 입에 침이 고였다.

"미니, 핫초코 마실래? 그다음에 쇼핑하러 가자. 아직 위
스크마스 선물을 못 샀거든!"

미니는 유아차 안에서 신나게 몸을 들썩이며 자그마한 손
으로 손뼉을 쳤다.

빅토리아는 유아차를 돌려 너트메그 상점으로 갔다. 위스 클링 숲에서 제일가는 초콜릿을 파는 너트메그 상점은 커다 란 떡갈나무 안에 자리 잡고 있어서, 호위 요정들이 미니가 탄 커다란 유아차를 계단 위로 옮겨야 했다.

상점 문을 열자, 싸늘한 겨울 공기 너머로 코코아와 계피, 생강빵과 아몬드 크림 냄새가 훅 풍겨 왔다. 몹시 붐비고 소 란스러웠지만, 빅토리아가 들어서자마자 순식간에 주위가 조용해졌다. 모두가 대화를 멈추고 입을 다물었기 때문이다.

따뜻한 곳에 자리를 잡은 빅토리아는 미니를 무릎에 앉혔 다. 그러고는 미니의 두툼한 겉옷을 서툴게 벗기고 있는데, 단정한 차림의 노인 요정이 빅토리아가 앉은 테이블로 다가 왔다. 반짝이는 밤색 머리카락을 가진 노인 요정은 바로 이 가게의 주인 너트메그였다!

"폐하, 오늘 이렇게 저희 가게에 와 주셔서 영광입니다. 무 엇을 드릴까요?"

빅토리아는 메뉴판을 볼 필요도 없었다. 언제나 아주아주 진한 다크초콜릿을 녹여 위에 땅콩 휘핑크림을 얹은 핫초코 만 마셨으니까. 반대로 셀레스틴은 화이트초콜릿 위에 계핏 가루를 뿌린 핫초코만 마셨다. 둘이 고른 메뉴는 둘의 모습 과 닮았다. 다크초콜릿과 화이트초콜릿, 진하고 쌉쌀한 맛과

가볍고 달콤한 맛이 두 자매다웠다.

"항상 먹던 걸로 주면 고맙겠어요, 너트메그."

빅토리아는 진심을 담아 따스하게 미소 지었다.

너트메그가 주문을 받고 돌아가자, 빅토리아는 기분 좋게 벨벳 소파에 기대앉았다. 무릎에 앉은 미니가 빅토리아가 입은 드레스에 달린 별 모양 다이아몬드 단추를 만지작거리며 놀았다.

빅토리아는 상점 안을 둘러보았다. 그러자 주위에 있던 요정들이 황급히 눈을 내리깔았다. 자신이 옆에 있으면 불안해하는 요정이 많았기 때문에 빅토리아는 친구가 많지 않았다. 하지만 상관없었다. 직접 얘기하는 것보다는 한발 떨어져서 지켜보는 게 더 좋았으니까. 물론 빅토리아와는 반대로 셀레스틴은 주변에 친구가 차고 넘쳤다!

빅토리아는 아주 부유해 보이는 두 요정의 테이블에 차와 금가루를 뿌린 초콜릿이 놓이는 모습을 바라보았다. 그중 한 요정은 둥글게 부풀린 민트색 머리에 지팡이 모양 사탕을 꽂고 있었다. 뭐, 나쁘지 않네.

그런데 그때, 상점 문이 벌컥 열리면서 찬 바람이 훅 들이쳤다. 고개를 돌려 문 쪽을 바라본 빅토리아는 목 뒤에 있는 털이 쭈뼛 서고 말았다.

기다랗고 짙은 사파이어색 망토를 입은 두 요정이 뾰족한 후드를 벗고 빈 테이블을 찾아 두리번거렸다. 키가 크고 연한 초록색 피부에 뾰족하고 커다란 귀와 매끄럽고 윤기가 나는 까만색 머리카락을 지닌 남자 요정과 창백한 피부에 곱슬곱슬한 캐러멜색 머리카락이 반짝이는 여자 요정.

빅토리아는 본능적으로 미니를 꼭 껴안았다. 아스트로펠 경의 탄생석을 상징하는 사파이어색 망토만 봐도 저 요정들이 누구인지 알 수 있었다.

사파이어회 요정들. 지난 몇 달간 그들에 대해 수군거리는 소문을 들었고, 빅토리아도 그 요정들을 직접 본 적이 있었다. 사파이어회 요정들은 반체제 주의자, 그러니까 국가가 국민을 억압하며 부패했다고 생각하는 요정들이었다. 아니, 정확히 말해 **빅토리아가 위스클링 요정들을 억압하는 존재**라고 생각했다.

사파이어회 요정들은 셀레스틴이 빅토리아와 함께 왕이 된 것도, 자매가 귀족들을 멀리하고 주체적으로 위스클링 숲을 다스리는 것도 탐탁지 않아 했다. 무엇보다도 그들은 아스트로펠 경이 감옥에 갇혔다는 사실을 받아들이려 하지 않았다.

빅토리아는 눈을 가늘게 뜨고 두 위스클링 요정을 바라보왔다. 두 요정은 모두의 시선을 한 몸에 받아 즐거운 모양이었다.

요즘 들어 사파이어회 요정들이 보란 듯이 나다니는 것 같은 건 착각일까? 무어라 말하기 어려웠다. 사파이어회 요정들이 자신을 싫어한다는 사실을 처음 깨달았던 게 정확히 언제였는지는 알 수 없었다. 위스클링 요정들이 자신을 좋아하진 않는다는 걸 항상 알고 있었으니까…….

그런데 이건 좀 다른 문제였다. 사파이어회 요정들은 셀레스틴이 그저 인형처럼 왕의 자리에 앉아 있고, 아스트로펠 경이 위스클링 숲을 다스렸을 때가 더 살기 좋았다고 주장했다. 그들은 아스트로펠 경이 빅토리아와 셀레스틴을 없애기 위한 음모를 꾸미다 들통났다는 사실에도 개의치 않았고, 심지어 믿지도 않았다. 오히려 아스트로펠 경을 석방시켜 달라고 주장했다.

하지만 빅토리아는 진실을 알고 있다. 아스트로펠 경은 빅토리아와 셀레스틴을 없애고, 미니를 자신이 조종할 수 있는 꼭두각시 왕으로 키우려고 했다. 그 생각을 떠올리자 구역질이 올라왔다.

셀레스틴은 아스트로펠 경을 감옥에 가두고, 귀족 회의를 해산시켰다. 귀족들도 아스트로펠 경의 음모를 어느 정도 지지했다는 걸 알았기 때문이다. 그 후로 사파이어회 요정들은 셀레스틴을 더욱 경계하게 되었다. 자신들의 지위가 박탈당하는 걸 바라지 않았으니까.

빅토리아는 몸서리를 치며 사파이어회 요정들을 지켜보았다. 남자 요정은 참을성 없이 손가락을 튕기며 종업원 요정을 불렀다. 불만이 가득한 기색을 드러내는 남자 요정은 아주 오만해 보였다.

사파이어회 요정들은 조금도 믿을 수 없어. 바보 같은 사파이어회가 어서 해산되면, 없어져 버리면 좋을 텐데! 하지만 사파이어회 요정들을 막을 수는 없었다. 사파이어회 요정들 또한 의견을 가질 권리가 있었다.

그래도…… 빅토리아는 그 사실을 인정하고 싶지 않았다. 사파이어회 요정들이 내세우는 생각은 너무 공격적이었으니까. 솔직히 공격이 맞기도 했고.

위스클링 요정들이 날 좋아하게 만드는 건 왜 이렇게 어려운 걸까? 가끔은, 정말 가끔은 나도 셀레스틴처럼 될 수 있으면 좋겠어. 셀레스틴은 보기만 해도 사랑과 다정함이 느껴지는 요정이니까. 다들 셀레스틴을 사랑하니까.

바로 그때, 종업원 요정이 빅토리아가 주문한 핫초코를 쟁반에 받쳐 들고 왔다. 멍하니 생각에 잠겨 있던 빅토리아는

뜨거운 핫초코를 향해 손을 뻗는 미니를 뒤늦게 발견하고 깜짝 놀라 외쳤다.

"잠깐!"

종업원 요정은 잠시 기다렸다가 빅토리아가 미니를 안은 뒤에야 핫초코와 꼬불꼬불한 장식이 달린 금색 티스푼을 테이블에 내려놓았다.

종업원 요정이 자리를 떠나자, 빅토리아는 티스푼으로 코코아 가루가 뒤덮인 포슬포슬한 휘핑크림을 떴다.

"내가 핫초코를 나눠 주는 요정은 너 하나뿐이야."

빅토리아가 미니에게 먼저 휘핑크림을 떠먹이며 말했다. 그러면서 사파이어회 요정들이 앉아 있는 테이블을 흘낏 쳐다보았다. 앗, 눈이 마주쳐 버렸다! 소스라치게 놀란 빅토리아의 더듬이에서 은빛 불꽃이 사납게 반짝였다.

오히려 잘됐어! 너희가 뭐라고 하든 난 신경도 쓰지 않는다는 걸 보여 주겠어. 빅토리아는 사파이어회 요정들을 마주 노려보았다. 아주 매섭게 말이다.

그런데 사파이어회 요정들이 눈을 피하지 않았다. 빅토리아는 예상과 다른 반응에 당황해서 눈을 가늘게 떴다. 마침내 남자 요정이 먼저 눈을 내리깔았다.

하지만 여자 요정은 계속 빅토리아를 노려보면서 히죽 웃기까지 했다. 증오가 가득한 표정에는 흔들림이 없었다. 그 요정은…… 위험해 보였다.

빅토리아는 마른침을 삼켰다. 심지어 자기도 모르게 눈길을 돌리고 말았다. 온몸이 따끔거렸다. 휘말리지 말라고, 위스클링 숲에서 더는 문제를 일으키지 말라고, 이미 한 짓이 있지 않느냐고 말하는 셀레스틴의 목소리가 머릿속에 맴돌았다. 그 목소리가 물었다.

앞으로 미니에게 이모로서 어떤 모습을 보여 줄 건데?

빅토리아는 씩씩대며 고개를 숙이고는 미니에게 핫초코를 떠먹이는 데에만 집중했다. 미니의 더듬이가 반짝이며 기분 좋은 복숭앗빛 불꽃을 뿜어 댔다. 하지만 빅토리아는 핫초코를 한 입도 마시지 않았다.

"이제 그만 먹자. 위스크마스 선물을 사러 가야 해!"

빅토리아는 미니에게 핫초코를 몇 번 더 떠먹인 다음, 외투를 입혔다. 그러고는 뾰족한 후드를 씌우고 유아차에 미니를 다시 태웠다. 미니가 크게 울면서 아직 테이블에 남은 핫초코를 향해 손을 뻗었다. 빅토리아는 점점 기운이 빠졌다. 상점에 있는 모든 요정이 빅토리아를 힐끔거리며 쳐다보고 있었다.

빅토리아는 망토를 어깨에 두르고는 테이블에 돈을 던지

듯 올려놓았다. 그런 다음 꽁꽁 얼어붙을 만큼 추운 바깥으로 나왔다. 빅토리아 뒤로 호위 요정들이 바짝 따라붙었다. 어느새 해가 저물고 있었다.

"아, 정말!"

붐비는 거리로 나온 빅토리아가 소리를 질렀다. 미니가 마구 울긴 했어도, 너트메그 상점에서 벗어나 안심이 되었다. 사파이어색 망토 차림의 위스클링 요정들이 품은 독기 서린 눈초리가 더는 보이지 않았으니까.

하지만 부글거리는 화를 가라앉히기 힘들었다. 사파이어 회 요정들과 맞서 싸우고픈 마음을 참느라 어찌나 힘들었던 지. 예전이라면 싸움을 피하지 않았겠지만, 지금은 왕이 되었으니 다르게 행동해야 했다. 또 소동을 일으킨다면 셀레스틴이 속상해 하겠지. 빅토리아도 진심으로 좋은 왕이 되고 싶었다. 이제껏 해 온 나쁜 짓을 용서받고 왕의 자리에 올랐으니까. 이 모든 건 **행운**이었다.

빅토리아는 미니를 안아 들고 달랬다.

"쉿. 괜찮아, 미니. 저기 위스크마스 솔방울이 있네! 저기 반짝반짝 전구도 있고!"

미니가 울음을 멈추고 눈을 깜빡이자, 빅토리아는 유아차를 밀며 다시 상점가를 거닐었다. 그러면서 마음을 어지럽히는 불편한 감정을 떨쳐 버리려고 노력했다. 다른 생각을 하자. 쇼핑을 하면 나아질 거야!

빅토리아는 좋아하는 가게를 바삐 오갔다. 한때 셀레스틴이 일했던 골든듀크 보석상에 가서 초승달과 별 모양이 짝을 이룬 귀걸이를 샀다. 다음으로는 장난감 가게에서 미니에게 줄 부드러운 벨벳 미니 드래곤 인형도 샀다. 미니는 인형을 안고 새근새근 잠들었다. 마지막으로 가장 좋아하는 옷 가게에 들러 새 옷을 구경했다.

빅토리아는 옷과 치장을 무척 좋아해서 자신이 입을 옷을 직접 디자인하고 만드는 데에 많은 시간을 썼다(언젠가는 옷 가게를 열고 싶은 바람도 있었다. 이름하여 스티치 하우스!). 하지만 지금은 이렇게 옷을 보는 것만으로도 좋았다.

"흐음."

빅토리아는 옷걸이에 걸린 화려한 옷들을 손가락으로 쭉 훑었다. 보석이 달려 반짝이고, 불꽃과 별 가루가 찬란하게 빛나는 옷들이 가득했다.

그러다 아주 마음에 드는 드레스를 발견했다. 새카만 레이스에 영롱하게 빛나는 분홍색 투르말린을 조각해 만든 별 단추가 달린 드레스였다.

하지만 빅토리아는 전혀 집중할 수가 없었다. 마치 머릿속에 먹구름이 잔뜩 끼어서 모든 게 흐릿해진 기분이었다.

결국 빅토리아는 한숨을 쉬면서 옷 가게를 나왔다. 미니가 유아차 안에서 뒤척였다. 어느새 날이 완전히 저물어 어두워져 있었다. 가로등이 켜진 상점가에 주황색과 초록색, 분홍색 불빛이 어른거렸다. 이제 집으로 돌아갈 시간이었다.

제3장

왕궁으로 돌아온 빅토리아는 무도회장 안으로 고개를 빼꼼 들이밀었다. 셀레스틴은 없었지만, 아름답게 장식된 무도회장을 보자 절로 감탄이 나왔다. 무도회장 전체가 겨울 왕국이 되어 빛이 반짝였다. 그 모습을 보니 홀로 왕궁을 빠져나간 사실이 살짝 마음에 걸렸다.

"미니, 정말 예쁘지?"

미니가 칭얼거렸다.

"배고프구나."

빅토리아는 미니에게 대꾸하고는 셀레스틴을 찾기 전에 왕실 주방에 들러 미니가 먹을 삶은 달걀과 작게 자른 토스트를 주문했다.

빅토리아가 거실에 들어서자, 셀레스틴이 소리쳤다.

"왔구나! 오래 걸렸네! 미니의 식사 시간이 지났어!"

"미안해. 우리가 좀 신나서 그만……."

빅토리아가 사과했지만, 셀레스틴은 귀 기울여 듣지 않았다. 빅토리아 품에 안겨 있는 미니를 껴안을 뿐이었다.

"우리 미니, 배고프지? 빅토리아 이모는 정해진 시간을 항상 잊어버리는구나, 그렇지?"

빅토리아는 그 말에 기분이 상해서 퉁명스레 말했다.

"그러잖아도 주방에 들러서 미니가 먹을 달걀을 달라고 했어. 작게 자른 토스트도."

"하지만 미니는 아침에 이미 달걀을 먹었는걸!"

셀레스틴 말에 빅토리아가 대꾸했다.

"또 먹어도 괜찮아. 미니는 달걀을 좋아하니까!"

"뭐, 상관없지. 언니, 무도회장 장식을 도와주러 틴젤과 앰버가 왔어! 이제 위스크마스 솔방울을 장식할 생각이야!"

빅토리아는 소파에 앉아 있는 셀레스틴의 친구들을 바라보았다. 셀레스틴은 **언제나** 위스클링 요정들에게 둘러싸여 있구나. 맥이 빠졌다. 얼른 이곳을 벗어나 방으로 가고 싶었지만…… 혼자 위스크마스 솔방울을 장식하는 시간에서 빠지고 싶진 않았다. 그리고 틴젤과 앰버라면 같이 있어도 나쁘지 않았다.

틴젤은 빅토리아와 셀레스틴이 사악한 위스클링 요정 어슐라인 때문에 곤란한 상황이 되었을 때 도움을 준 요정이었다. 그리고 앰버는…… 그냥 앰버였다. 조용하고 다정한 요정. 앰버는 드래곤 훈련사라서 언제나 곁에 미니 드래곤을 데리고 다녔다. 지금도 무릎에 두 마리, 어깨에 한 마리가 앉아 있었다.

"안녕, 빅토리아 스티치!"

틴젤이 미소를 지으며 인사했다. 빅토리아도 어쩔 수 없이 미소를 지으며 인사했다. 그러고는 벨벳 소파에 털썩 앉았다. 정말 피곤해!

빅토리아의 반려 미니 드래곤 스타더스트가 파닥파닥 날아와 무릎에 동그랗게 몸을 웅크리고 앉았다. 그러자 마음속에 낀 먹구름이 조금씩 흩어지기 시작했다. 집에 왔어. 셀레스틴이랑 미니랑 스타더스트가 있는 집에 말이야. 아름답고 따뜻한 거실에 있으니까 기분이 조금 나아졌다. 이제는 사파이어회 요정을 떠올려도 견딜 만했다.

"벽난로를 피워도 될까?"

빅토리아가 묻자, 셀레스틴은 고개를 끄덕였다.

"응, 좋아!"

빅토리아는 벽난로를 향해 마법 지팡이를 겨누었다. 탄생석을 깎아서 만든 별 모양 다이아몬드 지팡이가 아름다웠다. 빅토리아의 다이아몬드에는 **얼룩**이 살짝 비쳤다. 바로 그 얼룩 때문에 아스트로펠 경은 자매의 다이아몬드를 **순수하지 않다**고 선언했다.

빅토리아는 마법 지팡이를 쓰는 것도, 마법을 부리는 것도 좋아했다. 하지만 빅토리아가 부릴 수 있는 마법은 집안일을 할 때 쓰는 아주 기본적인 마법뿐이었다. 물론 이해할 수는 있었다. 마법 금지 명령이 없었다면 왕궁은 금방 난장판이 될 거라고 셀레스틴이 항상 말했으니까.

"위스킬루미나타!"

빅토리아가 주문을 외우자 마법 지팡이에서 뿜어져 나온 다이아몬드 불꽃이 벽난로 안 장작더미에 내려앉았다. 금세 불길이 확 일더니 방 안에 불꽃 그림자가 넘실거렸다. 불꽃에 비친 틴젤의 은색 머리카락이 연한 귤빛으로 빛났다.

이윽고 하인 요정이 미니의 아기 의자를 들고 들어왔다. 미니가 먹을 음식이 담긴 쟁반을 든 하인 요정도 뒤따라왔다. 기분 좋은 고요함 속에서 타닥타닥 장작 타는 소리만 들렸다. 셀레스틴이 미니에게 줄 달걀을 톡톡 부쉈다.

"빅토리아, 스펠브룩 상점가 산책은 재미있었어?"

틴젤이 묻자, 빅토리아는 어깨를 으쓱였다.

"괜찮았어. 다만……."

빅토리아가 말꼬리를 흐리자, 틴젤은 재촉해 물었다.

"무슨 일 있었어?"

틴젤은 뭐든 들어 줄 것 같은 다정한 표정을 지었다. 결국 빅토리아는 너트메그 상점에서 있었던 일을 털어놓았다.

"날 노려봤다니까! 아주 미워 죽겠다는 듯이!"

틴젤은 고개를 끄덕였지만, 그리 심각하게 생각하는 것 같진 않았다.

"다들 사파이어회에 대해 알고는 있어. 그러니까…… 그 요정들이 네가 왕이 된 걸 별로 좋아하지 않는다는 사실을 말이야. 하지만 나라면 걱정하지 않겠어. 말만 그렇게 하는 모임이야."

"그냥 화가 나서 고집을 부리는 거야. 아무 의미도 없어."

앰버도 덧붙였다.

"나도 알아. 하지만……."

빅토리아가 말꼬리를 흐렸다. 그 요정들이 자신을 노려보았을 때의 기분을 어떻게 설명해야 할지 알 수가 없었다. 그 요정들의 눈은 **강한 증오심**으로 이글거렸다. 정말로 위험하게 느껴졌단 말이야.

"그러고 보니 사파이어회가 '트위스티'라는 가게에서 매주 모인다고 들었어."

틴젤의 말에 빅토리아는 자세를 고쳐 앉았다.

"정말이야? 언제 모이는데?"

그러자 작게 자른 토스트를 미니에게 먹이려던 셀레스틴이 빅토리아에게 경고의 눈빛을 던졌다.

"너는 아무 생각하지 마, 빅토리아 스티치. 문제를 일으키면 안 된다고 했잖아! 괜히 긁어 부스럼 만들지 마."

셀레스틴 말에 빅토리아는 발끈했다.

"안 해! 난 그냥 순수하게 궁금한 것 뿐이야."

틴젤이 이어 말했다.

"나도 잘은 몰라. 매주 달요일 저녁이었던 것 같은데……. 내 친구의 친구가 그 가게에서 일하는데 거기서 사파이어회 요정들을 봤다고 했어."

"달요일이면 내일이잖아? 하지만 왜 매주 모임을 하지? 분명히 뭔가 있어……. 음모 같은 걸 꾸미는 게 아니고서야 모일 이유가 없잖아!"

빅토리아 말에 틴젤이 어깨를 으쓱였다. 대답은 셀레스틴에게서 나왔다.

"우리가 왕이 된 걸 싫어하는 마음을 더욱 단단히 다지나

보지. 빅토리아 스티치! 그만해! 언니는 너무 생각이 많아."

"그래, 그럴지도 모르지."

빅토리아는 새카만 속눈썹을 빠르게 깜빡이며 대답하고 자신의 손을 내려다보았다. 그러고는 발치에 놓아둔 장식품 상자를 바라보며 말했다.

"그럼 이제 솔방울을 장식하자."

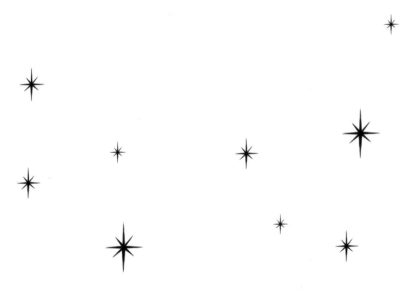

제4장

틴젤과 앰버가 돌아가고, 빅토리아는 미니를 재운 뒤에야 자신의 방으로 올라갔다. 빅토리아의 방은 빅토리아가 좋아하는 으스스한 분위기로 꾸며져 있었다. 입구는 반짝반짝 빛나는 까만색 흑요석과 하얀색 월장석을 깔아 바둑판무늬로 꾸미고, 천장 가운데에 보석이 주렁주렁 달린 커다란 샹들리에를 매달았다.

캄캄한 방에 선 빅토리아는 창문 너머에 있는 스펠브룩 상점가를 빤히 내다보았다. 아직도 마음이 편치 않았다. 아니, 틴젤과 대화한 뒤로 오히려 더 불편해졌다. 사파이어회가 트위스티라는 가게에서 매주 모인다고?

대체 왜? 등줄기를 따라 소름이 쫙 돋았다.

빅토리아는 까만색 실크 잠옷을 입으면서도 계속 생각에 잠겼다. 그 가게에 가서 사파이어회 요정들을 염탐하면 어떨까? 못된 짓을 꾸미지 않는지 몰래 확인만 하는 거야……

그러자 묘하게 신이 났다. 지금처럼 위험하고 은밀한 일을 해 본 지도 참 오래되었으니까. 손끝에서 제대로 된 마법의 짜릿함을 느낀 적이 언제였더라. 이런 모험을 할 때는 제대로 된 마법이 필요해. 바로 **금지된 마법** 말이야. 이를테면 **투명 마법!**

아직도 주문이 또렷이 기억났다. 하지만 주문을 쓰려면 다이아몬드 가루가 필요한데……. 탄생석 금고에 가서 조금 얻어 와야겠어.

가슴이 두근두근 뛰면서 처음 《위스클링 서》를 얻었던 순간이 떠올랐다. 금지된 마법이 적힌 책. 규칙을 어기는 건 잘못된 일이라는 것을 알고 있었지만, 그때는 그런 규칙이 부당하다고만 생각했다. 그래서 금지된 마법의 매력에 푹 빠져 버렸다.

그리고 어슐라인에게도 빠졌었지. 운 좋게 금지된 책을 갖게 된 위스클링 요정 말이다. 빅토리아는 황량한 북쪽 숲에서 어슐라인과 함께 밤늦도록 온갖 금지된 마법을 익혔다. 그때는 아주 강력한 기분이 들었는데.

지금은 그저 목이 조이는 기분이었다. 어슐라인은 겉으로는 친구인 척 굴면서 내내 빅토리아를 배신할 계획을 세우고 있었다. 결국 감옥에 갇혔지만, 어슐라인에게 배신당했던 때를 생각하면 여전히 마음이 아팠다.

빅토리아는 다시 투명 마법을 쓸 생각에 고민스러웠다. 정말 그래도 될까? 셀레스틴에게 이제는 자신도 왕이니까 절대로 금지된 마법을 쓰지 않겠다고 약속했는데.

하지만 사파이어회 모임이 궁리하는 음모를 엿들을 생각을 하니 거부할 수가 없었다. 게다가 모임은 바로 내일 밤이란 말이야! 사파이어회에서 무슨 일을 꾸미는지 알아내지 못한다면 불안해서 견딜 수 없을 거야. 그리고 제아무리 금지된 마법이라 해도 좋은 목적으로 쓴다면 괜찮을 거야!

빅토리아는 침대로 올라가 스타더스트와 함께 검은색 별이 반짝이는 이불 속으로 파고들었다. 이미 결심은 끝났다. 내일은 금고에 가서 다이아몬드 가루를 좀 받아 와야지.

제5장

다음 날 아침, 빅토리아는 토스트에 버터를 바르고 잼을 얹는 동안 계속해서 콧노래를 불렀다. 그 모습을 보고 셀레스틴이 말했다.

"오늘은 아침부터 기분이 좋아 보이네."

"내일 있을 눈꽃 무도회가 무척 기대되거든."

빅토리아가 둘러댔지만, 거짓말은 아니었다. 가장 좋은 옷을 차려입고 뽐내며 다닐 생각에 무척 기대되는 건 사실이었으니까.

"그러면 무도회 준비 좀 도와줄 수 있어? 거의 마무리되긴 했지만, 아직 할 일이 많아. 위스클링 숲에 사는 요정들은 멋진 밤을 누려 마땅하니까."

빅토리아가 토스트를 먹으려다 말고 멈칫했다. 오늘은 이미 일정이 있었다. 탄생석 금고에 가서 다이아몬드 가루를 받은 후, 저녁에 투명 마법을 써야 했다.

"음…… 돕긴 할게. 진짜야! 그런데 먼저 스펠브룩 상점가에 가서 할 일이 있어."

"또? 왜 가는 건데?"

셀레스틴이 묻는 말에 빅토리아는 얼버무렸다.

"그럴 일이 있어. 꼬치꼬치 묻지 마, 셀레스틴! 곧 위스크마스잖아. 선물을 살 때라고!"

셀레스틴은 의심스럽게 눈을 흘기고는 돌아서서 미니에게 죽을 먹였다.

서둘러 아침 식사를 마친 빅토리아는 평소처럼 호위 요정을 데리고 왕궁을 나섰다. 이른 아침이라 아직 희뿌연 햇살이 나뭇가지 사이로 비쳐 들었다. 바닥에는 살얼음이 끼어 사방이 반짝였다. 싸늘한 겨울 공기를 한껏 들이마시며 걷자, 마음이 들뜨기 시작했다. 호위 요정은 결국 빅토리아와 발걸음을 맞추기 위해 뛰어야 했다.

빅토리아는 호위 요정과 함께 탄생석 금고에 가는 걸 신경 쓰지 않았다. 호위 요정은 아무것도 묻지 않을 테고, 마법을 쓰기 위해 금고에서 탄생석 가루를 가져오는 건 전혀 이

상한 일이 아니기 때문이다.

탄생석 금고가 자리한 플라타너스는 스펠브룩 상점가에서 살짝 벗어나 콩커 거리 아래쪽에 있었다. 커다랗고 묵직한 금으로 만든 탄생석 금고 문은 온통 보석으로 장식되어 있었고, 나무줄기를 따라 난 창문에 달린 창살도 금이었다. 빅토리아가 다가가자, 금고 앞을 지키던 경비 요정이 말없이 옆으로 물러섰다.

금고 안 작은 대기실 한쪽에 있는 안내대에 나이 든 요정이 앉아 있었다. 끝이 까만 코 위로 커다랗고 동그란 안경을 얹어 놓은 주름진 얼굴이 상냥해 보였다. 안내대 뒤로 보이는 책꽂이에는 두껍고 오래된 책들이 꽂혀 있었는데, 책등에 적힌 위스클링 요정들의 탄생석 이름과 표지 색이 똑같았다.

"어서 오십시오, 폐하."

나이 든 요정이 일어서서 인사했다.

"안녕하세요, 에스메랄다. 잘 지냈나요?"

빅토리아도 인사를 건네다 셀레스틴의 충고를 기억하고는 상냥하게 물었다.

에스메랄다가 미소를 지으며 대답했다.

"무탈하게 지내고 있습니다. 안부를 물어 주셔서 감사합니다. 오랜만에 오셨네요. 무엇을 도와드릴까요?"

빅토리아는 긴장해서 몸이 떨렸지만, 애써 아무렇지 않은 목소리로 말했다.

"탄생석 가루가 좀 필요해요. 셀레스틴과 내 가루가 다 떨어져 가거든. 쓸 곳이 어찌나 많은지!"

에스메랄다는 고개를 끄덕이더니 책꽂이를 향해 돌아섰다. 그러고는 책등에 '다이아몬드'라고 적힌 하얀색 책을 꺼내 '셀레스틴 왕과 빅토리아 스티치 왕'이라고 적힌 페이지를 폈다.

셀레스틴과 빅토리아 이름 아래에는 이미 탄생석 가루를 받아 갔다는 표시가 꽤 많았다. 빅토리아는 셀레스틴보다 표시가 훨씬 많은데 예전에 빅토리아가 금지된 마법을 부렸기 때문이다. 그래서 심각한 문제가 벌어졌었지. 하지만 그것도 다 옛날이야기야. 왕이 된 빅토리아는 그때보다 침착하고 영리해졌다. 지금은 투명 마법을 쓸 만큼의 가루만이 필요했다.

"다이아몬드 가루 한 병을 주면 고맙겠네."

빅토리아가 말하자 뒤에 서 있던 경비 요정이 외쳤다.

"잠시만 기다려 주십시오!"

빅토리아는 살짝 양심의 가책을 느끼며, 부디 저 경비 요정이 아무것도 눈치채지 못하기만을 바랐다.

경비 요정은 지하로 연결된 문으로 다가가더니, 열쇠를 꺼내 자물쇠를 풀었다. 문이 열리자 지하로 이어진 돌계단이 보였다. 탄생석 금고는 스펠브룩 상점가 땅 아래로 이어져 있었는데, 위스클링 숲에 사는 모든 요정의 탄생석이 보관되어 있었다.

빅토리아는 목을 길게 빼고 돌계단을 바라보았다. 언제나 탄생석 금고를 직접 보고 싶었는데. 하지만 아무나 들어갈 수는 없었지.

그런데…… 지금 나는 **아무나**가 아니잖아?

"나도 같이 들어가도 되는가?"

빅토리아가 묻자, 경비 요정은 잠시 주저했다. 하지만 이내 빅토리아가 위스클링 숲의 왕이라는 걸 떠올리고는 고개를 끄덕였다.

"그럼요, 폐하."

경비 요정은 자신을 따라오라며 정중히 손짓했다. 신이 난 빅토리아는 경비 요정을 따라서 흐릿한 빛 아래로 보이는 돌계단을 총총 걸어갔다. 벽면에 난 선반에 장식된 빛나는 크리스털이 가야 할 방향을 알려 주었다. 돌계단을 다 내려오자, 반짝이는 타일이 깔린 끝없이 이어진 복도와 수많은 문이 보였다.

조용한 복도에 빅토리아의 발소리가 울렸다. 주위를 둘러보자 문마다 탄생석 이름이 적힌 금색 명패가 달려 있었다. 루비, 토파즈, 틴젤라이트, 황수정, 자수정, 트윙클라이트, 투르말린……. 그러다 문득 가장 깊숙한 곳에 있는 문에 눈길이 닿았다. 그 문에는 왕실 문양과 함께 **다이아몬드**라고 적힌 금색 명패가 달려 있었다.

온몸에 전율이 흘렀다. 저 방 안에 다이아몬드 가루가 있어. 내 마법의 힘이 있다고!

경비 요정을 따라 문을 열고 들어간 빅토리아가 방 안을 둘러보았다. 벽면마다 빼곡히 설치된 금고들에는 저마다의 문양이 새겨진 화려한 금색 손잡이가 달려 있었다.

현재 사용 중인 금고는 단 두 개였다. 하나는 '셀레스틴 왕과 빅토리아 스티치 왕'의 것, 다른 하나는 '미니 스티치 공주'의 것. 과거 왕족들의 다이아몬드 가루는 인간 세계와의 경계에 있는 마법 장벽에 보태졌다.

빅토리아는 경비 요정이 자신의 금고를 여는 모습을 지켜보았다. 문이 열리자 눈앞에서 다이아몬드 조각 무더기가 반짝였다. 빅토리아는 그 찬란하고 아름다운 보석을 홀린 듯이 바라보았다.

내 탄생석을 이렇게 많이 보는 건 처음이야! 보석 무더기

사이로 새카만 얼룩이 쭉 그어진 다이아몬드 덩어리가 보였다. 저 얼룩 때문에 아스트로펠 경은 셀레스틴과 빅토리아의 다이아몬드가 순수하지 못하다며 자매를 왕족으로 인정하지 않았다. 그 기억을 떠올리자 빅토리아는 분노가 일었다.

"한 병이면 될까요?"

경비 요정이 묻자 빅토리아는 움찔 놀라 생각을 멈추고 고개를 끄덕였다. 경비 요정은 금고에서 반짝이는 다이아몬드 조각을 하나 꺼냈다. 그런 다음 다시 금고 문을 닫고, 빅토리아와 함께 복도로 나가서 계단을 올랐다.

그 사이 안내대에는 위스클링 요정 둘이 와 있었다. 엄마와 어린 아들이었다. 빅토리아는 뒤로 물러서서 두 요정이 에스메랄다와 이야기를 나누는 모습을 흥미롭게 지켜보았다.

엄마 요정은 아들의 첫 번째 마법 지팡이를 만들어 주기 위해 함께 탄생석을 받으러 왔다고 했다. 빅토리아는 셀레스틴과 함께 마법 지팡이를 만들러 스펠브룩 상점가에 처음 왔던 때를 아직도 생생하게 기억하고 있었다. 그때는 참 신났었지.

경비 요정은 빅토리아의 다이아몬드 조각을 에스메랄다에게 건네주고는 다시 지하로 사라졌다. 그동안 에스메랄다는 다이아몬드 조각을 황금 저울에 올려놓고 하얀색 다이아몬드 책을 펼친 다음, 빅토리아와 셀레스틴의 이름 아래에 무게를 적었다. 빅토리아는 조급한 마음에 발을 탁탁 치고 싶었지만, 꾹 참으며 그 모습을 지켜보았다.

이윽고 에스메랄다가 옆 방으로 들어갔다. 빅토리아는 문에 난 창을 통해 에스메랄다가 고글을 쓰고서 다이아몬드 조각을 커다란 기계 안에 넣는 모습을 엿보았다. 다이아몬드 조각이 기계 안에 들어가자, 톱니바퀴가 돌아가는 소리와 함께 불꽃과 연기가 피어올랐다. 빅토리아는 가루로 변한 다이아몬드가 병에 담기는 광경을 홀린 듯이 바라보았다.

빅토리아는 소중한 다이아몬드 가루를 망토 주머니 깊숙이 챙겨 넣었다. 그러고는 애써 아무렇지 않은 얼굴로 왕궁으로 총총 돌아갔다. 하지만 앞으로 할 일을 생각하자 빅토리아의 더듬이에서 은빛 불꽃이 뿜어져 나왔다.

"볼일은 다 봤어?"

왕궁으로 돌아온 빅토리아를 마주친 셀레스틴이 다가와 물었다.

"응, 다 봤어!"

빅토리아는 재빨리 대답하고는 셀레스틴을 지나쳐 급히 방으로 들어가 욕실로 향했다. 그러고는 욕실 한가운데에 있는 월장석 욕조만큼이나 화려하게 장식된 세면대 아래 수납장에 다이아몬드 가루를 숨겼다.

셀레스틴의 눈을 피해 이렇게 몰래 숨기는 게 내키지는 않지만, 지금은 알려 줘 봤자 걱정만 하겠지. 그러니 모르는 편이 더 나아.

그런 다음 빅토리아는 오후 내내 셀레스틴을 도와 눈꽃 무도회를 준비했다. 최선을 다했지만, 사실은 셀레스틴 옆을 얼쩡거리며 뭘 해야 하는지 묻는 게 대부분이었다. 그래서인지 금방 지루해졌다.

저녁이 되어 식사를 마치고 마침내 자신만의 공간으로 돌아가 쉬게 되자, 빅토리아는 그제야 안도의 한숨을 쉬며 기뻐했다.

빅토리아는 세면대 아래 수납장에서 다이아몬드 가루가 든 병을 꺼내 들었다. 창문으로 비치는 달빛에 다이아몬드 가루가 은은히 반짝였다. 빅토리아는 눈을 감고 집중하며 투명 마법 주문을 떠올렸다. 그런 다음 조심스럽게 병 안에 손을 넣고 빛나는 가루를 손가락으로 훑었다.

기분이 좋아진 빅토리아는 숨을 훅 들이쉰 다음, 거울을 바라보았다. 더듬이에서는 은빛 불꽃이 마구 튀고, 얼굴은 발그레했다. **위험한 일**을 꾸미니 가슴이 두근두근 뛰면서 살아 있다는 기분이 들었다.

빅토리아는 조심스레 다이아몬드 가루를 몸에 바르면서 주문을 외웠다. 투명 마법을 부리려면 정확한 방법으로 해야 했다. 투명 마법을 부려 본 건 딱 한 번, 바로 《위스클링 서》를 가지러 갔을 때였다. 생각해 보면 그때는 다이아몬드 가루를 낭비한 것이나 다름없었다. 나쁜 짓에 쓴 거니까.

마법을 쓰기 위해서는 태어날 때 깨고 나온 탄생석 조각이 필요하기 때문에 평생 쓸 수 있는 양이 정해져 있었다. 즉, 탄생석을 다 써 버리면 다시는 마법을 쓸 수 없다. 하지만 지금은 써야 할 이유가 충분해!

빅토리아는 다시 거울을 바라보았다. 몸이 천천히 투명해지더니 마침내 전혀 보이지 않게 되었다. 느낌이 아주 묘했다.

마법이 성공했어!

"됐다!"

빅토리아가 작게 탄성을 질렀다. 그러고는 심호흡을 한 다음 꽃송이를 잡았다. 빅토리아의 손에 닿은 꽃송이도 투명하게 변했다. 이윽고 자그마한 욕실 창문이 활짝 열렸다.

제6장

호위 요정의 감시 없이 꽃송이를 타고 하늘을 날자, 기분이 더할 나위 없이 좋았다. 왕궁으로 이사 온 이래로, 오늘처럼 자유로운 기분은 처음이었다. 공중을 빙 날다가 아래로 내려가자, 차가운 공기가 얼굴을 스쳤다. 눈처럼 새하얗게 빛나는 겨울 달이 온 세상을 은빛으로 물들였다.

빅토리아는 왕궁 정원을 지나 커다란 황금 정문을 넘었다. 정문 옆에는 경비 요정이 서 있었다. 투명 마법이 없었다면 이렇게 혼자 나올 수 없었겠지! 무엇보다도 꽃송이에서 나오는 분홍빛 불꽃 때문에 들통났을 것이다. 하지만 투명 마법을 건 빅토리아가 꽃송이를 잡고 있는 한, 불꽃도 투명해져 보이지 않았다.

빅토리아는 늦은 저녁 시간에도 여전히 붐비는 스펠브룩 상점가 위를 날아갔다. 나무줄기에 난 창문에서 불빛이 은은하게 빛났고, 위스클링 요정들은 길가를 바삐 지나다녔다.

트위스티 가게는 스펠브룩 상점가 남쪽 티컵 골짜기 방향으로 가는 기찻길 너머에 있었다. 빅토리아는 자유를 만끽하며 트위스티 가게로 향했다. 물론 꽃송이를 타고 불꽃을 뿜으며 주위를 날아다니는 위스클링 요정들을 피해 조심조심 날아야 했다. 투명 마법 때문에 다른 요정들은 빅토리아를 볼 수 없었으니까!

광활한 밤하늘이 분홍빛, 주홍빛, 푸른빛, 초록빛, 자줏빛, 연보랏빛, 황금빛으로 반짝이는 가운데 빅토리아는 혼자 오롯하게 존재한다는 기분을 한껏 즐겼다. 어슐라인을 만나기 위해 몰래 밤하늘을 가르며 날아다닐 때 느꼈던 짜릿한 행복이 떠올랐다. 그때는 의지할 요정도 없이, 나 혼자뿐이었지. 위험한 계획을 실행하는 두근거림을 느끼는 건 참 오랜만이었다.

트위스티 가게에 다다르자 얼어붙은 몸이 덜덜 떨려 왔다. 코끝이 어찌나 시린지 금방이라도 코가 똑 떨어져 나갈 것 같았다. 가게 근처에 내려앉은 빅토리아는 주변을 찬찬히 둘러보았다.

트위스티 가게는 티컵 골짜기 외곽에 자리한 오래된 나무 둥치에 있었다. 근처에 집이나 다른 가게는 하나도 없었고, 가꾼 티도 느껴지지 않았다. 바닥에는 썩은 낙엽이 널렸고, 가시덤불이 사방으로 꼬불꼬불 뻗쳐 있었다.

빅토리아는 몸을 부르르 떨었다. 추위 때문이기도 했지만, 오면 안 되는 곳에 온 탓도 있었다. 휘어진 유리창 너머로 초록색 불빛이 흘러나왔고, 굴뚝에서는 연기가 피어올랐다. 가끔 손님이 드나들며 문이 열릴 때마다 가게 안에서 왁자지껄한 웃음소리가 새어 나왔다.

가게 뒤쪽에서 뻗어 나온 가시덤불 아래에 조심스레 꽃송이를 숨긴 빅토리아는 서리가 내린 바닥을 소리 없이 걸어 문가로 다가갔다. 그러고는 추위에 발을 동동 구르며 문이 열리기를 기다렸다.

잠시 뒤, 위스클링 요정 둘이 풀이 듬성듬성 난 길을 걸어왔다. 두 요정은 서로를 밀치며 깔깔 웃더니 문을 휙 열었다. 빅토리아는 그 틈을 놓치지 않고 요정들을 따라 잽싸게 안으로 들어갔다.

따뜻한 가게 안으로 들어오니 살 것 같았다. 안은 요정들로 가득했다. 벽난로에서는 초록색 불꽃이 활활 타올랐고, 요정들은 탁자에 옹기종기 모여 앉아 음료를 마시고 웃으며 겨우살이로 만든 향을 피워 댔다. 향 연기가 어찌나 자욱하던지 기침이 나올 것 같았다.

기침을 하면 들통나고 말 거야! 빅토리아는 애써 기침을 참으며, 사파이어회 요정들을 찾아 주위를 두리번거렸다. 위험을 무릅쓰고 왔으니, 틴젤이 했던 말이 부디 사실이기를 바랐다.

울퉁불퉁한 마룻바닥을 아주 조심스레 디디며 불쑥불쑥 다가오는 요정들을 요리조리 피하던 빅토리아는 마침내 사파이어회 요정들을 찾아냈다. 가게 뒤쪽 어두운 구석에 사파이어색 망토를 두른 요정 몇이 앉아 있었다.

빅토리아는 살금살금 걸음을 옮기며 어디에 서 있어야 저 요정들의 대화를 엿들을 수 있을지 고민했다. 통로는 아주 비좁았다. 들키기라도 하면 어쩌지……. 여기에는 내 편이 되어 줄 요정이 하나도 없는 것 같은데. 제아무리 왕이라고 해도 금지된 마법을 쓰는 건 범죄니까.

고민하는 동안, 가게 문이 또 열리면서 찬 공기가 획 밀려들었다. 또 다른 사파이어회 요정들이다! 빅토리아는 가게 안으로 들어오는 사파이어색 망토를 두른 요정 셋 중에서 전날 너트메그 상점에서 보았던 캐러멜색 곱슬머리 요정과 연한 초록색 피부를 지닌 요정을 알아보았다.

세 요정이 빅토리아 쪽으로 다가왔다. 빅토리아는 얼른 몸을 피했다. 가슴이 쿵쿵 뛰었다. 이러다가는 결국 들키고 말겠어!

후회가 밀려들었다. 나는 왜 이렇게 무모할까? 트위스티 가게가 이렇게 붐비는 곳인지 알았더라면, 절대로 오지 않았을 거야.

하지만 돌아가기에는 늦었다. 벽에 몸을 붙이고 최대한 다른 요정에게 닿지 않게 노력할 수밖에. 빅토리아는 옴짝달싹 않고 숨을 참으며 제발 누구와도 부딪히지 않기를 빌었다.

직원 요정이 마실 것이 담긴 쟁반을 들고 테이블로 왔다. 거품이 이는 금색 음료가 가득 담긴 컵과 밝은 초록색 음료가 담긴 컵 몇 개가 테이블에 놓였다.

"자, 마십시다!"

턱수염을 기른 요정이 컵을 들고 외쳤다. 빅토리아는 그 요정을 알아보았다. 바로 아스트로펠 경이 이끌던 귀족 회의에 속해 있던 전 의원이었다.

"다 모였습니까?"

턱수염을 기른 요정이 묻자, 누군가가 대답했다.

"거의 다 왔습니다. 이제 앨드리치와 스펙트레일리아만 오면 됩니다."

앨드리치와 스펙트레일리아……. 들어 본 이름이었다. 눈살을 찌푸리며 누구인지 떠올리려던 순간, 가게 문이 다시 열리면서 요정 둘이 더 들어왔다. 빅토리아는 그중 하나를 단박에 알아보았다.

앨드리치 역시 귀족 회의의 전 의원으로, 아스트로펠 경의 친한 친구였다. 앨드리치는 민머리에 은색 턱수염을 길게 기르고 초록색 안경을 코끝에 걸친 모습이었다. 같이 온 요정은 앨드리치의 아내인 스펙트레일리아가 틀림없었다. 스펙트레일리아는 길고 뾰족한 코와 눈매를 지닌 요정으로, 말할 때마다 눈을 지나치게 많이 깜빡이고 어딘지 가냘파 보였다.

앨드리치와 스펙트레일리아가 테이블로 다가왔다. 둘이 의자를 뺄 때 하마터면 빅토리아의 팔꿈치에 닿을 뻔했다. 빅토리아의 더듬이에서 불안한 불꽃이 튀었다.

이곳에 모인 사파이어회 요정은 모두 열한 명이었다.

"모두 안녕하십니까?"

앨드리치가 자리에 앉으면서 인사했다. 반들반들한 민머리에 넘실거리는 벽난로의 초록색 불꽃이 비쳤다.

"마실 것을 미리 주문해 두었습니다. 늘 드시던 걸로요."

앨드리치보다 나이가 적은 요정이 대답했다. 숱 많은 까만 곱슬머리에 턱수염이 난 요정이었다.

"고맙소, 플린트."

앨드리치는 대답하며 금색 음료를 앞으로 끌었다. 스펙트레일리아는 초록색 음료가 담긴 작은 잔을 들고서 홀짝거리다가 얼굴을 찌푸렸다. 빅토리아는 저들이 마시는 음료가 뭘지 궁금했다.

캐러멜색 곱슬머리를 지닌 요정이 몸을 들썩이면서 테이블에 함께 앉은 요정들을 빠르게 훑었다. 그러더니 테이블 끝을 꽉 잡고 몸을 앞으로 숙이며 말했다.

"저희가 그 요정을 봤어요! 어제 너트메그 상점에서요. 시슬과 제가 봤다고요! **빅토리아 스티치**를요."

옆에 앉은 시슬이 흥분해서 소리치는 요정을 말렸다.

"쉿! 목소리를 낮춰, 버터스카치! 우리가 **음모**를 꾸미고 있다고 오해라도 받으면 어쩌려고 그래."

그러자 버터스카치가 목소리를 낮추어 속삭였다.

"죄송해요! 어쨌든 저희가 그 요정을 봤어요. 다이아몬드 공주님이랑 같이 있었어요. 그래서 겁을 줘서 쫓아냈죠!"

버터스카치가 히죽 웃었다. 테이블에 둘러앉은 요정 몇몇도 심술궂게 키득키득 웃었다.

테이블 끝에 앉은 요정이 덧붙였다.

"다이아몬드 공주님이야말로 **진짜 왕족**이시지. **순수한 다**

이아몬드에서 태어나셨으니까."

테이블에 앉은 모든 요정이 고개를 끄덕였다. 빅토리아는 주먹을 세게 쥐었다. 저 차별적인 모습! 아스트로펠 경이랑 똑같아. 위스클링 숲을 예전으로 되돌리려고 기를 쓰는 모습이 말이야.

"그래. 곧 위스클링 숲의 질서가 회복될 걸세, 캘릭스. 예전처럼 말이야."

앨드리치가 중후한 목소리로 말하자 캘릭스는 미소를 지으며 더듬이에서 주홍빛 불꽃을 뿜었다.

빅토리아는 사파이어회 요정 모두가 무언가를 기대하고 있다는 걸 느꼈다. 등골이 오싹해졌다. 사파이어회 요정들은 **정말로 음모를 꾸미고 있었어!** 이럴 줄 알았어!

"핑크 락!"

버터스카치가 새된 소리를 질렀다. 너무 낮게 웅얼거린 탓에 빅토리아는 제대로 들은 게 맞는지 자신이 없었다. 그러자 캘릭스가 버터스카치를 노려보며 경고했다.

"더는 말하지 마. **여기선 안 돼.**"

빅토리아가 눈살을 찌푸렸다. 시슬은 버터스카치의 옆구리를 쿡 찌르며 씨근댔다.

"이 바보야. 그런 말은 캘릭스 집에 우리끼리 있을 때나

하는 거야."

버터스카치는 언짢은 표정으로 팔짱을 끼고서 의자에 푹 주저앉았다. 척 보기에도 이 모임에서 가장 어린 요정 같았다. 그러더니 입을 삐죽 내밀고 대꾸했다.

"그냥 신나서 그랬어요. 우리의 새로운 삶을 생각해 봐요! 어쩔 수 없었다고요."

시슬은 계속 명령했다.

"조심해야지. 누가 듣기라도 한다면……."

시슬이 불길한 기색으로 말꼬리를 흐렸다. 앨드리치가 짜증 난다는 듯 대답했다.

"아무도 못 들었을 거다. 여기는 아주 붐비니까. 하지만 명심해라, 버터스카치. 우리가 이렇게 공개된 장소에 모이는 이유는 **아무것도 숨기는 게 없는 척**하기 위해서라는 걸."

앨드리치가 말을 끝맺고는 코웃음을 쳤다. 옆에 앉은 스펙트레일리아는 작게 깔깔 웃었다. 그러자 캘릭스가 짜증스레 말했다.

"앨드리치! 그쯤 하시오. 아직은 때가 아니오. 언젠가 마음껏 말할 날이 올 테지만, 지금 당장은…… 조심해야 하니까……. 하지만 영광은 **곧**…… 우리의 것이 될 것이오."

앨드리치가 마법 지팡이로 향에 불을 붙였다. 빅토리아 코

바로 아래에서 파란색 연기가 모락모락 피어올랐다. 빅토리아는 고개를 옆으로 돌리고 최대한 작게 숨을 쉬었다. 자칫 숨을 크게 쉬었다가는 연기가 다른 방향으로 흩어져 버릴 것 같았다.

"감옥에 갇힌 우리의 지도자를 위하여 건배합시다."

캘릭스 말에 스펙트레일리아가 한껏 부풀린 머리를 흔들면서 덧붙였다.

"**억울하게** 감옥에 갇히셨지요. **그분**이 왕실 고문으로 계시면서 중요한 결정을 모두 내리셨을 때의 위스클링 숲이야말로 살기 좋았는데 말이죠."

사파이어회 요정들은 모두 컵을 높이 치켜들었다. 빅토리아는 그 모습을 지켜보며 눈을 빠르게 깜빡였다. 계속 올라오는 향 연기 때문에 눈이 따가웠다. 이 요정들은 분명히 나와 셀레스틴을 없애는 음모를 꾸미는 거야!

가슴이 철렁했다. 만약 이 요정들이 나와 셀레스틴을 왕의 자리에서 몰아낸다면, 미니는 어떻게 되는 거지? 사파이어회는 틀림없이 미니를 왕으로 만들려고 할 거야. 그래야 다시 귀족들이 힘을 얻고, 미니 대신 모든 결정을 내릴 수 있을 테니까. 그런데 버터스카치가 말한 **핑크 락**이라는 게 대체 뭐지? 무슨 뜻일까?

사파이어회 요정들은 질서를 회복한다거나 핑크 락에 대한 이야기를 다시는 꺼내지 않았다. 다음 **비공개 모임**이 어디서 열리는지 알아내서 다시 엿들어야 겠어! 캘릭스라는 요정은 어디 살까? 집 주소를 알아내는 건 어렵지 않을 거야. 캘릭스는 귀족 회의 전 의원이라 유명하니까.

그렇게 10분 동안 한가롭게 날씨 이야기가 오고 가다가, 앨드리치가 먼저 자리에서 일어섰다.

"우린 이만 가야겠소. 일어날까요, 스펙트레일리아?"

앨드리치가 의미심장한 눈빛으로 캘릭스를 쳐다보았다. 캘릭스는 미소를 짓더니 속삭였다.

"내일이오. 눈꽃 무도회가 열리는 밤이지. 새벽 세 시 반에 보도록 하지요. 어디서 만나는지는 아실 테고."

앨드리치가 고개를 끄덕였다. 캘릭스는 일부러 요란하게 기침을 하더니 나머지 사파이어회 요정들을 바라보며 다시 말했다.

"새벽 세 시 반이오. 가족을 데려오시오. 절대 늦지 말고!"

버터스카치는 새된 소리를 지르면서 두 팔로 몸을 감쌌다.

"모두 눈꽃 무도회 때문에 바쁘겠죠! **빅토리아 스티치는 특히요.**"

시슬은 다시금 버터스카치를 쿡 찔렀다. 이어서 스펙트레일리아가 빈정거렸다.

"눈꽃 무도회! 예전에는 참 멋졌는데. 귀족들만 갈 수 있는 행사였으니까요. 그런데 지금은 왕들이 다 망쳐 놨지요. 어중이떠중이 다 들어오게 허락했잖아요."

"난 그런 눈꽃 무도회는 죽어도 싫습니다."

플린트가 고개를 끄덕였다.

"뭐, 우리에게는 무도회보다 더 좋은 일이 있잖아요?"

스펙트레일리아가 슬며시 웃으며 물었다.

빅토리아는 끝까지 들키지 않았다는 승리감을 느끼면서 앨드리치와 부딪히지 않으려고 안간힘을 썼다. 하마터면 앨드리치의 팔꿈치에 맞을 뻔했지만 가까스로 피했다.

내일 밤! 새벽 세 시 반! 사파이어회 요정들은 분명 모임을 할 생각이야! 그렇다면 당연히 나도 가야지! 또 투명 마법을 써야겠어. 눈꽃 무도회는 밤새 계속되니까, 조금 일찍 빠져나오면 될 거야.

새벽이라면 빅토리아가 안 보인다 해도 아무도 눈치채지 못할 터였다. 곧장 캘릭스 집으로 날아가 계획을 엿듣는 거야.

사파이어회가 무슨 음모를 꾸미고 있는지 알아낼 수 있겠지!

캘릭스 집에 몰래 들어가는 건 트위스티 가게에 들어가는 것보다 훨씬 더 위험하겠지만, 빅토리아는 이미 굳게 결심했다. 사파이어회가 무슨 음모를 꾸미는지 반드시 알아낼 거야. 그런 다음 셀레스틴에게 모든 걸 말해야지. 무슨 계획을 꾸미고 있는지 정확히 알지도 못하는데, 괜히 먼저 말했다가는 걱정만 끼칠 거야. 음모가 있다는 증거를 확보하는 게 중요해.

게다가…… 내가 금지된 마법을 썼다는 걸 셀레스틴이 알면 화를 낼 거야. 하지만 금지된 마법을 쓴 덕분에 음모를 밝혀낸다면? 투명 마법을 써서 참 다행이었다고 생각하지 않을까?

제7장

다음 날 아침, 빅토리아는 느지막이 일어났다. 어젯밤에는 늦게까지 잠들지 못해 월장석 욕조에 몸을 담근 채 욕실 창문 너머로 반짝이는 별을 몇 시간이나 바라보았다. 머릿속에서 트위스티 가게에서 들은 이야기가 휘몰아쳤다. 특히 **핑크 락**이라는 말이 계속 머릿속에서 울렸다.

위스클링 숲에 핑크 락이라는 곳이 있을까? 그럴지도! 내가 위스클링 숲을 다 아는 건 아니잖아. 아니, 어쩌면 암호일 수도 있어. 그렇다면 무얼 가리키는 거지? 온갖 가능성을 궁리하다 보니, 어느새 욕조 물이 다 식고 말았다.

결국 빅토리아는 욕조에서 나와, 지친 몸으로 불안에 떨며 잠들었다.

빅토리아가 식당에 도착했을 때, 셀레스틴과 미니는 이미 아침 식사를 마친 참이었다. 미니는 이모를 보자마자 기분 좋게 소리를 지르며 더듬이로 복숭앗빛 불꽃을 뿜어 대더니, 안아 달라며 팔을 뻗었다. 빅토리아는 아기 의자에 앉아 있는 미니를 안아 들었다. 오늘 아침은 유독 미니를 품에서 놓고 싶지 않았다.

셀레스틴이 미소를 지으며 인사했다.

"언니, 좋은 아침이야! 오늘은 식사 시간에 늦었네! 어제 잠을 설쳤어?"

"아, 그게…… 별로 못 잤어."

빅토리아가 솔직하게 말했다. 그런 다음 미니를 아기 의자에 다시 앉히고는 커피에 다크 코코아 파우더를 듬뿍 뿌렸다.

"같이 무도회 준비를 할 수 있을까?"

"당연하지!"

빅토리아는 셀레스틴이 묻는 말에 얼른 대답하고는 코코아 커피를 마시며 크루아상에 버터를 바르기 시작했다.

"신난다, 정말 잘됐어!"

셀레스틴은 기분이 좋아 보였다. 빅토리아는 살짝 죄책감

을 느꼈다. 그래서 평소처럼 콧노래를 부르는 척 애써 마음
을 가라앉혔다.

아직은 셀레스틴에게 말해 봤자 좋을 게 없어. 눈꽃 무도
회가 끝나고, 더 많은 정보를 얻을 때까지 아무 말 말아야지.
하루 더 기다린다고 해서 나쁠 건 없을 거야. 게다가 셀레스
틴은 무도회 때문에 들떠 있잖아. 기분을 망치고 싶지 않아.

"오전에 미니를 돌봐 줄 수 있어? 버튼스펀지 베이커리에서 케이크 배달을 돕기로 했거든."

셀레스틴이 묻자, 빅토리아는 주저하며 대답했다.

"아, 그게…… 오전에는 잠깐 스펠브룩 상점가에 다녀와야 할 것 같아."

셀레스틴은 놀라서 되물었다.

"**또?** 미니를 데려갈 수는 없어?"

"못 데려갈 것 같아."

마음 같아서는 미니를 데려가고 싶었다. 하지만 오늘 가려는 곳은 위스클링 중앙 도서관이었다. 조용히 집중하며 핑크락이 대체 무엇인지 알아볼 생각이었다. 미니와 셀레스틴을 지키기 위해서는 어쩔 수 없어.

"왕궁에 있는 요정들한테 미니를 돌보라고 하는 건 어때? 딱 두 시간만."

빅토리아가 부탁하자 셀레스틴은 눈을 가늘게 뜨고 눈살을 찌푸리더니 다시 물었다.

"무슨 일인데 그래?"

"아무 일도 아니라니까! 알았어. 내가 미니를 데려갈게!"

제8장

위스클링 중앙 도서관은 스펠브룩 상점가에서 조금 떨어진 공터 한가운데에 선 커다랗고 오래된 떡갈나무로, 밑동 주위로 아름다운 정원을 가꾸어 놓았다. 여름이 되면 금빛 이파리가 무성해져 요정들은 그 아래에서 책을 읽었다.

하지만 빅토리아는 주변을 쳐다볼 새도 없이 급히 유아차를 밀었다. 머릿속엔 한 가지 생각뿐이었다. 사파이어회가 무슨 일을 꾸미는지 알아내야겠어!

도서관으로 향하는 내내 미니는 유아차에 앉아 주위를 둘러보며 옹알이를 했다. 도서관은 바닥부터 천장까지 온통 책장으로 가득했고, 아름다운 계단이 나무줄기를 감싸며 구불구불 이어져 있었다.

"다 왔다! 저 책들 좀 봐!"

빅토리아가 신기한 듯 눈이 휘둥그레진 미니를 안아 올렸다. 도서관에 있는 요정들의 놀란 눈초리는 애써 무시했다.

미니는 신나서 팔을 마구 휘저었다. 빅토리아가 재빨리 유아차를 밀었다. 그 뒤로 호위 요정들이 바짝 따라왔다.

"미안하지만, 오늘은 재미있는 책을 보러 온 게 아니야. 특별히 조사해야 할 게 있거든."

빅토리아는 호위 요정들을 슬쩍 바라보고는 고개를 숙여 미니의 부드러운 머리카락에 얼굴을 파묻었다. 그리고 자그

마한 목소리로 속삭였다.

"나쁜 위스클링 요정이 있어. 이모가 그 요정들의 음모를 밝혀낼 거야!"

빅토리아는 3층에 있는 실용서 서가로 향했다. 몇 없는 요정들이 빅토리아를 보자 불안한 표정을 지었다. 빅토리아는 조용한 곳을 찾아가 미니를 호위 요정 옆에 내려놓았다. 그런 다음 반짝이는 보석과 금박과 은박으로 장식된 책등을 열심히 살펴보았다.

3층 서가에는 역사책과 지도책, 정보책이 많았다. 빅토리아는 책들을 한 권씩 꺼내 핑크 락이라는 단어를 찾아 샅샅이 살폈다. 그동안 미니는 빅토리아의 발치를 기어다니면서 맨 아래에 꽂힌 책을 사방에 어질러 놓았다. 호위 요정이 아기 공주의 뒤를 따라다니며 책을 도로 책장에 꽂았다.

한 시간 동안 책장에 꽂혀 있는 모든 책을 살펴보았지만, 빅토리아는 핑크 락에 대해 아무것도 알아내지 못했다. 대체 뭐지? 장소일까? 마법 물약 재료일까? 아니면 들어 본 적 없는 새로운 보석일까?

빅토리아가 실망한 마음을 추스르며 마지막 책을 덮었다. 이 방법은 틀렸어. 오늘 밤에 열릴 비밀 모임을 기다리는 수밖에. 오늘 모든 게 밝혀지길!

그때 미니가 칭얼거리기 시작했다. 왕궁에 돌아갈 시간이었다. 빅토리아는 미니를 안고서 꼬불꼬불한 황금 계단을 내려갔다. 유아차에 미니를 태우려던 빅토리아는 갑자기 위로 올라가고픈 충동이 들었다. 그래서 급히 미니를 안고 계단을 오르며 말했다.

"미니, 너한테 보여 주고 싶은 게 있어. 빨리 갔다 오자."

꼭대기 층에 도착한 빅토리아는 숨이 턱 끝까지 차올랐다. 위스클링 중앙 도서관 꼭대기 층에는 왕과 고위 귀족들만 들어갈 수 있는 방이 있었다. 작고 둥그런 방에 들어서자, 별을 뿌려 놓은 듯 반짝이는 천장이 보였다. 그리고 방 한가운데 놓인 받침대 위에는 대단히 특별한 책이 놓여 있었다.

바로 《**위스클링 서**》! 그것도 현재 존재하는 단 한 권이었다.

《위스클링 서》가 담긴 유

리 상자는 보석 자물쇠로 굳게 잠겨 있었다. 경비 요정 둘이 양편에 서서 지키고 있기도 했다.

빅토리아가 방에 들어가자, 경비 요정들은 살짝 고개를 숙였다. 빅토리아도 고개를 끄덕여 인사했지만, 집중할 수가 없었다. 눈앞에 위스클링 숲에서 가장 강력한 물건이 있다. 금지된 마법으로 가득한 책, 누구도 봐서는 안 되는 책! 제아무리 왕이라 해도 책에 적힌 금지된 마법 주문을 알아서는 안 되었다. 그리고 빅토리아는 셀레스틴에게 **무슨 일이 있더라도 절대 저 책을 펼치지 않겠다**고 약속했다.

빅토리아는 눈을 반짝이며 조심스레 책으로 다가갔다. 품에는 미니를 꼭 안은 채였다.

"저길 봐, 미니! 저건 위스클링 숲에서 가장 강력한 책이란다."

빅토리아의 속삭임에 미니는 아무 소리도 내지 않았다.

"그리고 **가장 위험한 책**이기도 하지."

덧붙여 말한 빅토리아는 목이 꽉 졸리는 기분이 들었다. 책 표지에 박힌 보석들이 빅토리아를 놀리듯 반짝였다. 예전에는 나도 한 권 갖고 있었는데. 어슐라인의 눈을 피해 복사 마법으로 한 권을 더 만들었었지.

물론 빅토리아와 어슐라인이 가지고 있던 책은 압수당해

사라졌다. 하지만 강력한 마법책을 갖고 있던 기억을 떠올리면 아직도 손가락 끝이 짜릿해졌다. 그때는 힘이 불꽃처럼 폭발해 넘칠 것 같았지. 누구보다도 강한 요정이 된 기분이 참 좋았었는데.

그러다 어떤 생각이 머릿속을 스쳤다…….

만약《위스클링 서》를 갖게 된다면, 사파이어회는 상대도 되지 않을 텐데. 셀레스틴과 미니를 내가 보살펴 줄 수 있을 텐데. 다른 위스클링 요정들을, 아니 위스클링 숲을 내가 지킬 수 있을 텐데. **강력한 마법은 곧 권력이니까.**

빅토리아는 다시금 책을 가지고픈 욕망에 손끝이 저려 왔다. 표지를 쓰다듬으면서 표지에 박힌 보석이 손톱과 부딪혀 나는 땡그랑대는 소리를 듣고 싶었다.

안전하지도, 스스로가 중요하지도 않던 그 옛날에는《위스클링 서》를 손에 넣은 다음에야 안전하다고, 나는 중요한 존재라는 마음이 들었는데. 그제야 살아 있는 기분을 생생히 느낄 수 있었어. 짜릿할 정도로 말이야.

하지만 빅토리아는 이내 고개를 저었다. 결국 이 책 때문에 문제만 일어났다는 게 떠올랐다. 지금은 원하는 걸 다 가졌잖아? 왕이 되었고, 셀레스틴과 미니도 곁에 있어. 단 하나의 위스클링 요정이 이 모든 마법 지식을 가지는 건, 금지된 마법을 쓸 수 있다는 건 너무 위험했다.

"참 예쁘지?"

빅토리아는 미니에게 말하고는, 아쉬운 한숨을 내쉬었다.
그런 다음, 몸을 돌려 방에서 나갔다.

제9장

그날 저녁, 빅토리아와 셀레스틴은 무도회장으로 향했다. 미니는 셀레스틴의 품 안에서 신나게 꼬물거렸다. 아기 공주는 눈송이처럼 새하얀 레이스에 다이아몬드와 별 가루를 뿌린 드레스를 입었다. 연분홍색 머리카락 위에는 자그마한 은빛 왕관이 자리했다.

"우리 미니 정말 멋있지 않아?"

셀레스틴이 감탄했고, 빅토리아도 고개를 끄덕일 수밖에 없었다. 비록 자신이 고른 드레스는 아니었지만.

"눈꽃 무도회에 까만색 옷을 입힐 수는 없어!"

셀레스틴이 미니의 옷을 두고 빅토리아와 열띤 말다툼을 벌이다가 미니를 서둘러 데리고 나갔기 때문이다.

두 왕은 나란히 무도회장에 다다랐다. 셀레스틴은 미니와 똑같이 새하얗게 반짝이는 눈꽃 드레스를 차려입었다. 빅토리아는 머리부터 발끝까지 새카맣게 꾸몄다. 팔꿈치까지 올라오는 새틴 장갑에 달린 별 모양 스팽글이 반짝였고, 부츠 역시 검게 번뜩였다. 머리에 쓴 왕관은 어찌나 거대한지 금방이라도 목이 부러질 것만 같았다.

무도회장으로 들어가는 문 앞에서 셸레스틴이 물었다.

"준비됐어?"

빅토리아는 고개를 끄덕이고선 물었다.

"내가 미니를 안아도 될까?"

셸레스틴은 주저하다가 미니를 넘겨주었다.

"잘 안아 줘."

빅토리아는 미니를 꼭 안았다. 안전하고 따스한 기분이 드는 동시에 평소와 달리 살짝 긴장됐다. 몇 시간 뒤면 무도회장을 빠져나가, 사파이어회 모임에 몰래 숨어들어야 했다.

위험한 일이야. 들키면 어쩌지? 미니와 셀레스틴을 다시는 못 볼지도 몰라! 아냐, 들킬 리 없어. 조심하면 돼! 내일 셀레스틴에게 모든 걸 말하자. 사파이어회 요정들을 감옥에 가둘 증거를 가지고 돌아오는 거야. 셀레스틴과 미니를 위해서. **우리 가족**을 위해서. 그리고 위스클링 숲을 위해서.

무도회장 문이 열렸다. 빅토리아는 고개를 당당하게 들고
셀레스틴과 함께 안으로 들어갔다.

무도회장은 무척이나 아름다웠다. 겨울 왕국 같아! 사방
에서 넘실거리는 빛이 반짝이잖아.

오늘 눈꽃 무도회에는 모든 위스클링 요정이 초대받았다.
다들 모피와 반짝이, 앙증맞은 방울과 리본으로 한껏 치장하
고 차려입은 모습이었다. 어린 요정들은 크리스털 바닥 위를
흥겹게 미끄러지며 놀았고, 어른 요정들은 서서 음료를 마시

며 웃었다. 하지만 왕들이 무도회장에 들어서자 모두가 조용히 둘을 바라보았다.

빅토리아는 긴장을 풀고 또각또각 소리를 내며 걸었다. 그러고는 화려한 드레스를 뽐내면서 셀레스틴을 따라 손님들에게 인사했다. 요정들은 환하게 웃으며 셀레스틴의 눈꽃 드레스와 얼음 왕관을 감탄하듯 바라보았다. 빅토리아에게는 조금 조심스러운 미소를 지었지만, 증오의 기색은 보이지 않았다.

매년 겨울에 열리는 눈꽃 무도회는 이 계절을 기념하고 자선 모금을 받는 행사다. 아스트로펠 경이 왕실 고문으로 있었던 시절에는 귀족들, 즉 상류층들만 참여하는 사치스러운 행사였다. 하지만 셀레스틴과 빅토리아는 위스클링 요정을 모두 초대해 무도회를 바꾸어 놓았다. 무도회장에 들어오지 못한 요정들은 왕궁 정원과 상점가로 흩어졌다.

빅토리아는 웨이터 요정의 쟁반에서 화려하게 장식된 쿠키를 두 개 집었다. 하나는 자기가 먹고, 또 하나는 미니에게 주었다.

"바닐라 헤이즐넛 눈덩이 쿠키야!"

눈덩이 쿠키를 핥은 미니의 더듬이에서 불꽃이 반짝였다. 빅토리아는 무도회장에 넘실거리는 행복한 기운에 미소를 지었다. 하지만 완전히 마음을 놓을 수도 없어 벽에 걸린 커다란 시계를 흘깃거렸다. 자그마한 크리스털 달과 별들이 돌아가며 시간을 표시했다.

이제 몇 시간 뒤면 또 금지된 마법인 투명 마법을 써서 캘릭스의 집에 몰래 들어가야 했다. 그런 다음 사파이어회 비밀 모임을 엿들을 계획이었다.

시간이 흐를수록 무도회장 안은 점점 더 붐볐다. 악단이 흥겨운 음악을 연주하자 모두 춤을 추기 시작했다. 셀레스틴도 빅토리아를 끌고 가 함께 춤을 추었다. 셀레스틴은 얼굴 가득 환한 미소를 띠우며 소리쳤다.

"우리가 함께 왕이 되어 얼마나 기쁜지 몰라! 모든 걸 함께 하잖아! 언제나 그래 왔던 것처럼 말이야!"

"나도 그래!"

빅토리아도 소리쳐 대답했다. 하지만 마음속 깊은 곳에서 죄책감이 불쑥 솟아올랐다. 지금은 모든 걸 함께하지 않았다. 비밀이 있었으니까!

빅토리아는 셀레스틴의 손을 놓고 빙글빙글 원을 그리며 춤을 추었다. 반짝이를 잔뜩 뿌린 드레스 자락이 나부끼며 풍성하게 부풀어 올랐다. 다른 위스클링 요정들이 추는 것과는 다른 열정적인 춤이었다. 빅토리아는 눈을 감고 팔을 벌린 채, 활짝 웃으며 춤을 추었다. 지금은 모든 걸 잊고 싶었다.

이윽고 새벽이 되자, 셀레스틴이 빅토리아를 찾아왔다.

"미니를 방에 데려다줘야겠어. 벌써 잠들었거든. 잘 시간 이 한참 지나기도 했고."

시계를 본 빅토리아는 가슴이 불안하게 두근거렸다. 곧 왕궁을 빠져나갈 시간이었다.

"내가 미니를 데려다줄게. 넌 계속 춤춰!"

빅토리아의 제안에 셀레스틴이 되물었다.

"정말?"

"그래. 내가 데려다주고 싶어!"

"음, 그렇다면야. 잘 자, 우리 다이아몬드 아기 공주님."

셀레스틴은 미니의 이마에 뽀뽀를 하고서 빅토리아에게 넘겨주었다.

빅토리아는 미니를 안고 무도회장을 나섰다. 음악 소리와 조명에서 벗어나 조용하고 어둑한 계단을 오르자, 시원한 공기가 훅 불어와 기분이 좋아졌다. 무도회는 즐거웠지만, 셀레스틴과 떨어져 혼자가 되자 왠지 안도감이 들었다. 죄책감때문에 마음이 불편했는데 미니와 단둘이 있으니 좋구나. 반짝이는 검은색 롱부츠가 텅 빈 복도 바닥에 닿을 때마다 또각또각 메아리가 울렸다.

미니의 방에 다다른 빅토리아는 아기 공주를 침대에 눕히고, 조심스레 왕관을 벗겼다. 이렇게 늦은 밤에는 옷을 벗기거나 목욕시키는 게 별 의미가 없었다. 빅토리아는 조카의 부드럽고 작은 뺨에 수없이 뽀뽀를 퍼부었다.

"사랑해, 미니 스티치! 이모가 아무도 너를 해치지 못하게 지켜 줄게."

미니는 살짝 눈을 뜨고서는 빅토리아의 목을 꼭 그러안았다. 하지만 이내 스르르 꿈나라로 향했다.

　빅토리아는 살금살금 방에서 나와 문밖에 선 경비 요정에
게 고개를 끄덕여 인사했다. 그리고 부디 셀레스틴이 자신이
돌아오지 않는 것도 모를 정도로 정신없이 무도회를 즐기길
바라며 서둘러 자기 방으로 향했다.

제10장

빅토리아는 빠르게 투명 마법 주문을 외우며 다이아몬드 가루를 잽싸게 발랐다. 그러고는 거대한 은빛 욕실 거울 앞에서 희미해져 가는 자신의 모습을 바라보았다. 이윽고 온몸이 투명하게 변하자, 꽃송이를 들고서 불을 껐다. 그런 다음 창문으로 빠져나와 왕족을 상징하는 장미 꽃송이를 타고 차가운 밤하늘로 휙 날아올랐다.

밤이 늦었는데도 스펠브룩 상점가는 여전히 북적였다. 상점가에는 눈꽃 무도회를 즐기고 나온 요정들이 가득했는데, 저마다가 입은 멋진 드레스와 머리 장식이 달빛을 받아 반짝반짝 빛났다.

빅토리아는 꽃송이를 왼쪽으로 돌려 콩커 거리로 향했다.

그곳은 상점가보다 훨씬 조용했다. 방향을 이리저리 바꾸며 날아가다 드디어 아주 고급스러워 보이는 집들이 늘어선 메이플 거리에 다다랐다. 커다란 집들은 높이 솟아오른 탑들로 장식되어 있었다.

빅토리아는 속도를 늦추었다. 여기가 캘릭스가 사는 거리구나! 미리 주소를 알아 두었기 때문에 알 수 있었다. 캘릭스는 메이플 거리 2번지에 살았다.

빅토리아는 조심조심 캘릭스의 집으로 다가갔다. 15분만 더 있으면 새벽 세 시였다. 모임 시각보다 일찍 와서인지 불켜진 창문이 하나도 없었다. 빅토리아는 기와지붕에 살며시 내려앉았다. 누구라도 와서 현관문을 두드리는 순간, 얼른 그 뒤를 따라 집 안으로 들어갈 계획이었다. 위험하긴 하지만, 조심하면 되는 일이니까.

빅토리아는 무릎을 껴안고 앉아 기다렸다. 정말 춥구나! 새틴 장갑을 벗지 않고 와서 다행이야. 하얀 입김이 퍼졌다. 빅토리아의 존재를 알려 주는 유일한 기척이었다. 하지만 입김은 이내 밤바람에 흔들리는 꾸불꾸불한 나뭇가지 사이로 흩어졌다.

30분이 지나자 빅토리아는 눈살을 찌푸렸다. 왜 아직 아무도 오지 않는 거지? 메이플 거리 2번지에 맞게 찾아왔는데.

거리는 여전히 조용했다.

빅토리아는 더는 기다릴 수 없어 꽃송이를 타고 창문을 통해 집 안을 들여다보려 했다. 하지만 커튼이 쳐져 있어서 안이 보이지 않았다.

어쩐지 불안했다. 모임 시간이 바뀐 걸까? 혹시 다른 데에서 만나기로 한 걸까? 빅토리아는 창문을 밀었다. 안으로 들어가면, 단서를 찾을 수 있을지도 모르니까. 하지만 창문은 꿈쩍도 하지 않았다. 답답한 마음에 한숨이 나왔다. 귀중한 다이아몬드 가루까지 썼는데, 헛수고였어!

결국 빅토리아는 망토를 단단히 여미고서 왕궁으로 돌아갔다. 마음이 어찌나 무겁던지 셀레스틴을 찾아가 잘 자라고 인사할 기분이 아니었다. 분한 마음에 방 안을 왔다 갔다 서성일 뿐이었다. 왜 캘릭스는 집에 없었지? 내가 알아차리지 못한 게 뭘까?

몸에 묻은 다이아몬드 가루를 털어 낸 빅토리아는 잠옷으로 갈아입고서 침대에 털썩 몸을 뉘었다. 반드시 알아내고 말겠어.

두 눈을 꼭 감은 빅토리아는 이불을 머리끝까지 덮어썼다. 그러다 결국 선잠에 들었다.

창밖으로 부는 바람이 점점 거세졌다. 바람은 새된 소리를 내며 으스스하게 울었다. 차가운 빗방울이 바닥에 꽂히는 듯 날카롭게 내렸다.

폭풍이 불어오고 있었다.

제11장

미친 듯이 방문을 두드리는 소리에 빅토리아는 잠에서 깼다. 억지로 몸을 일으킨 빅토리아는 머리카락이 사방으로 뻗친 모습으로 문을 열었다.

문밖에서 셀레스틴이 몸을 들이밀었다. 그런데 뭔가 이상했다. 말도 없이 안으로 들어오는 건 셀레스틴답지 않은 데다, 커다랗게 뜬 두 눈에는 걱정이 가득했다.

"미니 여기 있어?"

셀레스틴의 질문에 빅토리아는 고개를 저었다.

"미니가 왜 여기 있겠어? 내가 방에 데려다줬는데. 네 방 바로 옆이잖아!"

순간, 덜컥 겁이 났다. 셀레스틴이 다급하게 소리쳤다.

"미니가 방에 없어!"

빅토리아가 어쩔 줄 몰라하며 대답했다.

"하지만 어젯밤에 내가 미니를 침대에 눕혔다고! 혹시 밖으로 기어 나간 게 아닐까? 경비 요정하고는 이야기해 봤어?"

셀레스틴은 딱 잘라 외쳤다.

"미니가 밖으로 기어 나갔을 리가 없잖아! 그러기엔 너무 작다고! 미니 방을 지키던 경비 요정은 아무것도 못 봤대!"

셀레스틴이 울음을 터뜨렸다. 빅토리아는 겁에 질려 눈앞이 아찔해졌다. 아기가 아무 이유도 없이 사라질 리 없었다. 분명히 **납치**당한 거야!

"내가 경비 요정과 이야기해 볼게."

빅토리아는 다급하게 말하곤 가운을 걸쳤다. 맨발로 복도를 급히 걸어가는 빅토리아의 뒤로 가운이 나부꼈다.

빅토리아는 가슴이 미친 듯이 뛰었다. 하지만 눈꺼풀을 빠르게 깜빡이며 고집스레 눈물을 참았다. 미니를 되찾으려면 지금은 눈물이 아니라 지혜를 짜내야 했으니까. 그리고 미니를 납치한 자에게 복수해야 해.

"폐하, 정말 죄송합니다. 정말로 죄송합니다."

미니의 방 앞을 지키던 경비 요정은 완전히 넋이 나간 표정으로 연신 사과했다.

"어떻게 된 건가?"

빅토리아가 날카롭게 물었다. 셀레스틴은 흐느껴 우느라 아무 말도 못 했지만, 빅토리아의 목소리는 정돈되어 있었다. 물론 마음 같아서는 함께 흐느껴 울고 싶었다. 경비 요정에게 왜 미니를 지키지 못했냐며 주먹을 휘두르고 싶었다. 하지만 그게 다 무슨 소용일까? 지금 중요한 건 단 두 가지였다. 미니를 찾아내야 한다는 것과 미니를 납치한 요정의 정체.

경비 요정은 혼란스러움이 가득한 두 눈을 크게 떴다. 그러고는 잠시 얼굴을 붉히더니, 이내 기어들어 가는 목소리로 겁에 질려 속삭였다.

"솔직히 저도 잘 모르겠습니다, 폐하. 저는…… 저는……

분명히 공주님의 방문 앞에 서 있었습니다. 그런데 어느새 잠들어서…….”

그러자 셀레스틴이 울먹이며 소리쳤다.

“잠들었다고? 우리 아기를 지키는 동안 잠이 들었다고!”

경비 요정은 조심스레 고개를 끄덕였다. 그리고는 마른침을 꿀꺽 삼키고 결심한 듯 바닥에 납작 엎드려 외쳤다.

“정말 죄송합니다. 이런 적은 한 번도 없었습니다. 저, 저, 저를 감옥에 가둬 주십시오! 다 제 잘못입니다!”

“잠깐! 잠들었다 깨어나 보니 미니가 없어졌다는 건가?”

빅토리아의 말에 경비 요정이 대답했다.

“전 공주님이 없어지신 줄 몰랐습니다. 이불 아래에 베개가 있었고, 방 안이 어두웠어요. 오늘 아침에 셀레스틴 폐하께서 공주님을 데리러 왔을 때 사라진 걸 알았습니다…….”

“그렇다면 그대가 잠든 동안 누군가가 방에 들어와서 미니를 데려간 게 틀림없군. 미니를 데려가고 대신 그 자리에 베개를 두어서 아침까지 눈치채지 못하게 한 거야. 그런데 그대가 우연히 잠든 그 순간에 미니를 납치하려는 자가 들어왔다는 게 너무 수상하지 않나?”

빅토리아의 말에 경비 요정은 당황해 되물었다.

“지금 하신 말씀이 무슨 뜻입니까?”

"어쩌면 그대의 잘못이 아닐지도 모른다는 말이야. 지금 말한 게 사실이라면, 누군가 **금지된 마법**을 쓴 게 분명해. 아마도 **잠재우는 마법**에 당한 것 같은데."

"정말입니까?"

당황했던 경비 요정의 표정이 안도감으로 변했다. 하지만 빅토리아가 엄히 대꾸했다.

"그래도 아직 그대는 용의자야. 미니를 마지막으로 봤던 요정이니까."

경비 요정은 고개를 끄덕였지만, 처음에 보였던 겁먹은 기색은 가라앉았다. 빅토리아는 어렴풋이 알 수 있었다. 저 경비 요정은 아무런 관계가 없어. 그저 누군가의 못된 계획에 당했을 뿐이야. 그렇다면 그 배후는 누구일까?

제12장

"미니를 유괴한 요정이 누구인지 알겠어!"

빅토리아가 외치자, 셀레스틴은 한 줄기 희망을 품고서 물었다.

"정말? 정말이야?"

"그래."

빅토리아는 트위스티 가게에 찾아갔던 운명의 밤을 떠올렸다. **미니 공주님**이라며 눈빛을 빛내던 사파이어회 요정들을 떠올리자 몸이 부르르 떨렸다. **순수한 다이아몬드**에서 태어난 공주라고 했었지.

그래서 어젯밤 캘릭스의 집에 사파이어회가 오지 않았던 거군. 아기를 납치하러 왕궁에 와야 했으니까!

사파이어회의 악랄한 계획에 구역질이 났다.

"미니를 납치한 위스클링 요정들의 이름을 모두 알고 있어. 내가 그 요정들을 없애 버리겠어!"

빅토리아는 휙 돌아서서 계단으로 향했다. 잠옷 위에 가운만 걸치고 있는 차림에도 아랑곳하지 않았다.

셀레스틴이 그 뒤를 따라가며 소리쳤다.

"잠깐만! 그게 무슨 말이야? 경찰에 신고부터 해야지!"

빅토리아도 돌아보지 않고 등 뒤로 소리쳤다.

"소용없어! 우리에게 필요한 건《위스클링 서》야. 그게 있어야 한다고! 쓸 만한 마법은 거기 있으니까!"

"《위스클링 서》라고?"

깜짝 놀란 셀레스틴이 숨을 들이켜며 대꾸하자, 빅토리아는 화난 목소리로 소리쳤다.

"그래! 누가 뭐래도 상관없어. 난《위스클링 서》를 봐야겠어. 경비 요정과 맞서 싸워서라도 말이야! 난 미니를 꼭 찾아내고 말 거야. 그런 다음 사파이어회를 없애 버리겠어."

빅토리아가 씩씩거리며 왕궁

문 앞에 섰다. 그런데 문을 열기도 전에 누군가가 바깥에서 다급하게 문을 두드리기 시작했다. 빅토리아가 손잡이를 돌렸다. 거센 바람이 안으로 휙 밀려 들어왔다. 커다란 장미와 월장석으로 만든 샹들리에가 빙글빙글 돌며 불길하게 딸랑거렸다.

문밖에는 경찰 요정 셋이 서 있었다.

"고맙게도 와 주었군! 끔찍한 일이 벌어졌소."

셀레스틴이 소리치자, 경찰 요정 하나가 대답했다.

"그렇습니다. 저희도 폐하께 알리러 온 겁니다."

"하지만 그대들은 어떻게 벌써 알게 되었지? 없어진 걸 우리도 **방금** 알았는데."

"누가 없어졌습니까?"

경찰 요정의 물음에 셀레스틴이 새된 소리를 질렀다.

"미니가 없어졌지 않나! 그 일 때문에 온 것 아니오?"

그러자 경찰 요정의 얼굴이 잿빛으로 변했다.

"우리가 생각했던 것보다 훨씬 심각한 문제가 일어났군요!"

제13장

경찰 요정 셋이 왕궁 안으로 들어오자 빅토리아는 문을 쾅 닫아 울부짖는 바람 소리를 막았다. 그 바람 소리가 꼭 아이 울음소리 같아서, 빅토리아는 눈물을 흘리지 않으려고 이를 악물었다.

"미니 공주님이 실종되셨습니까? 마지막으로 공주님을 본 요정은 누굽니까?"

경찰 요정이 수첩에 메모하며 물었다. 빅토리아는 자신도 모르게 손을 덜덜 떨다가 물었다.

"잠깐! 그렇다면 그대들은 우리에게 뭘 알리려고 온 건가? 미니의 실종과 관련 있는 일인가?"

"그런 것 같습니다."

경찰 요정은 잠시 메모를 멈추고 빅토리아와 셀레스틴을 바라보았다. 그리고 아주 심각한 표정으로 말했다.

"어젯밤에 두 건의 도난 사건이 있었습니다. 탄생석 금고와 위스클링 중앙 도서관이었죠. 그곳에서……《위스클링 서》가 도난당했습니다."

눈앞이 빙글빙글 도는 기분에 빅토리아는 쓰러지지 않으려고 셀레스틴을 꽉 잡았다.

"그럴 리 없어!"

빅토리아가 소리치자 경찰 요정은 창백한 얼굴로 대답했다.

"아뇨, 이미 일어난 사실입니다. 이제 이곳도 안전하지 않습니다. 위험한 요정이 금지된 마법책을 소지하고 돌아다니고 있어요."

"하지만 **어떻게** 훔친 거지? 《위스클링 서》는 항상 경비 요정이 지키고 있을 텐데."

셀레스틴의 물음에 경찰 요정은 잠시 머뭇거리더니 안타까운 목소리로 대답했다.

"실은…… 《위스클링 서》를 지키던 경비 요정 둘이 오늘 아침 **마비 마법**에 걸려 꽁꽁 묶인 채로 발견되었습니다. 사방에는 유리 조각이 있었고요. 몸싸움이 있었던 모양입니다."

"그렇지만 경비 요정에게 **마비 마법**을 썼다면……. 금지된 마법을 알고 있었다는 거 아닌가!"

셀레스틴의 말에 경찰 요정이 대답했다.

"금지된 마법이라는 건 저희도 알고 있습니다. 그리고 이 모든 사건의 범인이 누구인지도 아주 잘 압니다."

"사파이어회겠지!"

빅토리아가 이를 갈며 외쳤다. 하지만 경찰 요정은 고개를 저었다.

"어젯밤 감옥에서 탈옥 사건이 있었습니다."

"탈옥이라니?"

셀레스틴이 숨을 몰아쉬었다. 빅토리아는 가슴에 돌덩이가 내려앉은 것처럼 답답했다. 경찰 요정은 이어서 말했다.

"벌써 위스클링 숲 곳곳에 이 소식이 모두 전해졌습니다. 다들 무척 겁에 질려 있습니다."

"탈출한 요정이 누구지?"

빅토리아는 섬뜩한 기분을 느끼며 물었다.

"아스트로펠 경과 어슐라인입니다."

제14장

빅토리아는 더는 감정을 억누르지 못하고 괴로운 비명을 지르며 그 자리를 벗어나 방으로 돌아왔다. 요란한 소리와 함께 문이 닫혔다. 가장 위험한 요정들의 탈옥과 동시에 《위스클링 서》와 사랑하는 조카 미니가 사라지다니! 어슐라인과 아스트로펠 경이 미니를 데리고 갔다는 걸 단번에 알 수 있어 구역질이 났다. 어떻게 감히 이럴 수가!

빅토리아는 베개를 마구 치며 험한 소리를 퍼부었다. 이번에는 울음을 참지 않았다. 뺨 위로 주룩주룩 흐르는 눈물은 영원히 멈추지 않을 것만 같았다. 온몸에서 숨이 다 빠져나가는 느낌이었다. 더는 울 수조차 없을 정도로 지쳐 버린 빅토리아는 결국 일어나 앉았다.

미니를 되찾아야지. 그리고 복수를 해야지.

아래층에 다시 내려가 보니, 셀레스틴은 여전히 응접실에 경찰 요정들과 함께 앉아 있었다. 셀레스틴이 눈물을 줄줄 흘리며 말했다.

"빅토리아! 알아낸 게 더 있대. 좋지 않아. 그런데 왜 망토를 두르고 꽃송이를 든 거야?"

"무슨 상황인지부터 먼저 말해!"

빅토리아는 셀레스틴의 질문을 무시하며 소리치더니, 옆에 앉았다. 셀레스틴은 빅토리아를 품에 꼭 안았다. 하지만 빅토리아는 다급하게 셀레스틴을 떼어 냈다.

대답은 경찰 요정이 했다.

"오늘 아침 들어온 정보에 의하면 아스트로펠 경과 어슐라인은 함께 위스클링 숲을 떠나 인간 세계로 간 것 같습니다. 그들이 떠나는 모습을 경계를 지키는 경비 요정이 봤다고 합니다. 하지만 경비 요정도 어쩔 수가 없었습니다. 그자들이 또 마비 마법을 걸었기 때문입니다."

셀레스틴은 흐느낌을 억눌렀다.

"미니는? 미니는 같이 있었나?"

빅토리아가 다급하게 물었다. 부디 아니라는 대답이 나오기를 바랐다. 미니가 인간 세계로 갔다면 찾기 훨씬 힘들 테니까!

하지만 경찰 요정은 고개를 끄덕였다.

"안타깝지만 그렇습니다. 아스트로펠 경과 어슐라인이 일부러 경비 요정에게 자신들이 미니 공주님을 데리고 있다는 걸 보여 주었다고 합니다."

"우리를 조롱하는 거야!"

빅토리아가 성난 모습으로 외쳤다. 경찰 요정은 계속 설명을 이어 갔다.

"경비 요정의 보고에 따르면 아스트로펠 경과 어슐라인을 따라 함께 위스클링 숲을 떠난 요정이 100명 정도 된다고 합니다. 가족 단위로 보이고, 다들 기다란 사파이어색 망토를 두르고 있었다고 했습니다."

사파이어회. 빅토리아는 속이 뒤틀리는 기분이었다. 그렇다면 어젯밤 눈꽃 무도회에 있는 것처럼 위장하고 캘릭스의 집 앞에서 쓸데없이 기다리고 있을 때, 어슐라인과 아스트로펠 경은 사파이어회 요정들과 함께 왕궁 근처에 있었겠구나. 미니를 납치하고, 금고를 털어 마법 지팡이와 탄생석을 가져가고, 도서관에서 《위스클링 서》를 훔친 다음, 인간 세계로 도망간 거야.

"그들은 가는 길마다 흔적을 남겼습니다. 저희는 사파이어회 요정들이 아스트로펠 경과 어슐라인의 탈옥을 도왔을 거라고 생각합니다. 감옥의 간수 요정들과 탄생석 금고의 경비 요정들은 잠재우는 마법에 걸린 채로 묶여 있었습니다."

셀레스틴은 경찰 요정의 설명을 듣더니 머리를 부여잡고 중얼거렸다.

"미니의 방 앞을 지키던 경비 요정이 잠재우는 마법에 걸려 있었던 것과 똑같아!"

빅토리아는 다시금 눈앞이 핑 돌아 일부러 셀레스틴의 손을 꼭 잡았다. 셀레스틴 역시 손에 힘을 주었다.

"그자들이 인간 세계 어디로 갔는지 알 만한 단서가 있나?"

빅토리아가 묻자, 경찰 요정은 앉은 자리에서 불안하게 몸을 움직이며 대답했다.

"안타깝게도 없습니다. 물론 저희도 할 수 있는 건 뭐든 다 할 겁니다. 하지만 인간 세계에 숨은 위스클링 요정은 찾기가 상당히 어렵습니다."

빅토리아도 그 뜻을 잘 알고 있었다. 직접 인간 세계에 가 본 적이 있었으니까. 그곳에는 위스클링 요정이 숨을 만한 곳이 끝도 없이 많았다.

그 순간, 문득 떠오르는 것이 있었다. 빅토리아는 자리에서 벌떡 일어서며 소리쳤다.

"핑크 락! 핑크 락이야! 거길 조사해 봐야 해!"

셀레스틴은 빅토리아를 빤히 바라보며 물었다.

"핑크 락이라니?"

"내가 사파이어회가 꾸미는 음모를 엿들었어. 그게 장소인지, 물건인지는 모르겠는데, 그자들이 핑크 락이라는 말을 했어. 그러니 인간 세계에 가면 핑크 락이라는 게 있을 거야!"

그러자 경찰 요정이 물었다.

"그건 어디서 들으셨습니까?"

빅토리아는 죄책감을 느끼며 셀레스틴을 슬쩍 바라보고는 결국 실토했다.

"트위스티 가게에서."

셀레스틴이 고개를 절레절레 저었다.

"언니가 뭔가 숨기고 있을 줄 알았어!"

빅토리아는 앉은 자리에서 불편하게 몸을 뒤척였다. 그리고 경찰 요정이 더는 질문하지 않기를 바라며 대답했다.

"쓸 만한 정보를 더 듣지는 못했어. 핑크 락이라는 말밖에……."

경찰 요정이 주머니에 수첩을 넣으면서 대답했다.

"조사해 보겠습니다. 하지만 지금은 두 폐하 모두 왕궁에서 나오지 말고 안전하게 계셔야 합니다. 아스트로펠 경과 어슐라인이 무슨 계획을 세웠는지는 몰라도, 두 폐하께서 위험할 수 있습니다. 그들에게는 《위스클링 서》가 있으니까요. 위험천만한 자들입니다."

셀레스틴은 고개를 끄덕였지만, 빅토리아는 얼굴을 찡그리며 반발했다.

"어떻게 가만히 앉아 있으란 말인가! 미니가 납치되어서 저, 저, **사악하고 못된** 요정들과 있는데!"

눈물이 다시금 핑 돌았다. 빅토리아는 울지 않으려고 격하게 눈을 깜빡였다.

"두 폐하께서는 지금 왕궁에 머무시는 편이 가장 안전합니다. 부디 이곳에 계셔 주십시오."

경찰 요정은 마지막으로 당부의 말을 남기고 자리를 떴다. 경찰 요정들의 뒷모습을 바라보며 빅토리아는 자신의 꽃송이를 세차게 움켜쥐었다.

왕궁에 얌전히 머물 마음은 전혀 없었다.

제15장

경찰 요정들이 떠나자마자 빅토리아는 방 안을 이리저리 걸으며 외쳤다.

"우리가 직접 미니를 찾아야 해!"

하지만 셀레스틴은 고개를 저었다.

"과연 그럴까, 언니? 당분간은 경찰에게 사건을 맡겨야 할지도 몰라. 언니는 아스트로펠 경과 어슐라인의 능력을 모르잖아."

빅토리아가 쏘아붙였다.

"아니, 난 알아! 그래서 내가 직접 미니를 찾겠다는 거야. 이미 짐을 싸 뒀어. 준비는 끝났다고!"

셀레스틴이 한숨을 쉬고서 물었다.

"아스트로펠 경과 어슐라인이 미니의 몸값을 요구하면 어쩌려고? 그때를 대비해서 우린 여기 있어야 해. 게다가 그냥 떠날 수는 없어. 위스클링 숲의 요정들에겐 그 어느 때보다 우리가 필요해. 다들 분명히 무척 무서워하고 있을 거라고!"

빅토리아는 한숨을 내쉬었다. 셀레스틴의 말이 옳았다.

셀레스틴은 다급한 상황 가운데서도 차분하게 생각할 줄 알기 때문에 안전하고 논리적인 결정을 내릴 수 있었다. 그리고 언제나 자신보다 남을 더 생각했다. 셀레스틴이 좋은 왕이라는 사실을 빅토리아는 마음속 깊은 곳에서부터 이미 알고 있었다.

"그래도 난 가고 싶어."

빅토리아가 고집을 부리자 셀레스틴은 슬슬 짜증을 내기 시작했다.

"잠깐만 기다려 봐. 수사를 망치고 싶지는 않잖아. 지금은 경찰에게 맡기자. 왜 언니는 항상 끼어들려고 해?"

"하, 내가 끼어들어서 얼마나 다행이었는지 모르겠니? 그랬다면 핑크 락이라는 말도 몰랐을 거 아니야!"

빅토리아가 맞받아치자, 셀레스틴의 목소리가 점점 높아졌다.

"핑크 락이라는 게 사실은 아무것도 아닐 수도 있잖아! 차라리 어제 나한테 말해 주지 그랬어? 사파이어회가 음모를 꾸미는 걸 엿들었다고 말해 줬더라면, 이런 일이 일어나기 전에 막을 수 있었을지도 모르잖아. 눈꽃 무도회 전에 신고했을 수도 있었다고!"

빅토리아는 속이 뒤틀렸다. 이번에도 셀레스틴이 옳았으

니까. 미니가 납치된 건 모두 자신의 잘못이었다. 죄책감이 분노로 바뀌며 빅토리아는 저도 모르게 소리치고 말았다.

"말하려고 했어! 하지만 나중에 해도 될 거라고 생각했어. 그자들이 무슨 짓을 벌이기 전에 **내가 막을 수 있을 거**라고 생각했다고!"

"그래도 나한테 바로 말했어야지! 언니가 말하고 싶지 않았던 이유를 알아. 투명 마법을 써서 그런 거잖아!"

셀레스틴이 소리를 질렀지만, 빅토리아는 대답하지 않았다. 셀레스틴은 이미 모든 걸 알고 있다는 게 눈에 보였다.

"금지된 마법을 쓰다니, 어떻게 그럴 수 있어? 빅토리아 스티치! 왕답게 행동해야지!"

셀레스틴이 고함까지 치자 빅토리아도 맞받아쳤다.

"이래서 말하지 않은 거야! 넌 절대로 날 이해 못하니까!"

셀레스틴은 대답하지 않았다. 그저 빅토리아를 등지고 서서 코를 훌쩍거릴 뿐이었다.

어차피 말다툼이 벌어졌으니, 계속 이야기하기로 결심한 빅토리아는 재빨리 덧붙였다.

"사파이어회가 뭔가 꾸미고 있는 것 같다고 내가 말했잖아. 그때 날 믿어 줬어야지. 하지만 너랑 틴젤, 앰버는 다들 걱정하지 말라고 했잖아. 그래도 난 그자들이 뭔가 꾸미고 있다는 걸 알 수 있었어. 그리고 봐, **내 말이 맞았어!**"

그러자 셀레스틴은 다시 돌아서서 소리쳤다.

"지금 그게 중요한 게 아니야! 그렇다면 더욱더 그자들을 염탐하러 간다고 나한테 말했어야지. 지금 무슨 일이 벌어졌는지 보라고!"

빅토리아와 셀레스틴은 서로를 노려보았다. 둘 사이로 싸늘하고도 고집스러운 침묵이 흘렀다. 단 한 가지 생각이 칼날처럼 빅토리아의 가슴을 헤집었다.

이건 모두 내 잘못이야.

"그만! 난 자러 갈래!"

빅토리아는 새된 소리를 지르고는 휙 돌아서서 성큼성큼 걸어갔다. 셀레스틴은 멀어지는 빅토리아를 향해 소리를 질렀다.

"대낮인데 어딜 간다는 거야?"

빅토리아는 왕궁 복도를 저벅저벅 걸어가며 반짝이는 위스크마스 장식을 노려보았다. 아름다운 장식들이 빅토리아를 조롱하듯 반짝였다. 물론 진짜로 잘 마음은 없었다. 다만 셀레스틴과 함께 있고 싶지 않았다.

빅토리아는 걸으면서 열심히 머리를 굴렸다. 이게 대체 무슨 일인지 정확히 알아봐야 해. 아스트로펠 경과 어슐라인이 위스클링 숲을 함께 떠났다는 거지? 사파이어회 요정들과 함께, 그리고 미니와 금지된 《위스클링 서》까지 훔쳐서 말이다.

하지만 미니는 왜 데려간 거지? 물론 미니는 순수한 다이아몬드에서 태어났다. 셀레스틴과 빅토리아가 세상을 떠나면 미니가 왕이 될 것이다.

게다가 생각하면 생각할수록, 어째서 어슐라인이 끼어들었는지 이해가 가지 않았다. 빅토리아가 기억하는 어슐라인은 탄생석 이야기에는 관심이 없는 데다 아스트로펠 경과 친하지도 않았다. 둘 사이의 유일한 공통점이라면 빅토리아 스티치를 미워한다는 것뿐이었다.

그렇다면 어슐라인이 미니를 납치한 이유가 하나 있었다. **바로 빅토리아에게 상처를 주려는 것.**

그런 거라면 성공했구나.

미니를 잃어버린 건 이제껏 빅토리아가 경험한 일 가운데 가장 고통스러운 사건이었다. 마음의 상처가 너무 깊어서 절대로 아물 것 같지 않았다. 소중한 조카에게 나쁜 일이 생기느니 차라리 자신이 죽는 편이 나았으니까.

빅토리아는 다시 돌아섰다. 성큼성큼 빠르게 응접실로 내려가 아직도 멍하니 허공을 보며 앉아 있는 셀레스틴에게 다가갔다.

"난 미니를 찾으러 갈 거야. 날 막지 마."

쌍둥이 동생이 반발할 거라고 예상하며 빅토리아가 말했다. 그런데 셀레스틴이 고개를 끄덕였다.

"그래. 언니는 미니를 찾으러 가. 언니 말이 옳아. 가만히 기다려서 뭐 하겠어? 미니를 찾으러 갈 만한 요정이 있다면, 그건 언니뿐이야."

빅토리아는 두 눈에 눈물이 핑 돌았다.

"진심이야?"

셀레스틴은 고개를 끄덕였다. 셀레스틴의 지지야말로 그 무엇보다 힘이 되었다.

"그래. 현실을 마주하자. 지금 우리는 언니의 고집과 제멋대로 구는 성격을 이용할 필요가 있어."

동생이 희미하게 짓는 웃음에 빅토리아는 눈가를 막 두드리며 눈물을 닦았다. 셀레스틴이 이어서 말했다.

"어서 가! 가서 우리 아기를 되찾아 와! 그리고 부디 몸조심해. 언니, 약속할 수 있지?"

"당연하지! 난 인간 세계에서 넉 달을 살다 왔잖아. 기억 안 나니? 내 인간 친구 나오미에게 곧바로 갈 거야. 거긴 안전할 거고, 나오미가 날 보호해 줄 거야."

셀레스틴은 눈을 내리깐 채로 빠르게 깜빡였다. 동생을

홀로 남겨 두고 떠나야 한다는 생각에 걸음이 떨어지지 않았다. 하지만 달리 뾰족한 방법이 없었다. 둘 다 떠난다면 위스클링 숲에는 왕이 아무도 없게 될 테니까.

빅토리아의 뾰족한 귀 옆에서 스타더스트가 안절부절못하며 날개를 파닥거렸다. 두 손으로 스타더스트를 감싼 빅토리아는 미니 드래곤의 납작한 주둥이에 입을 맞추고는 말했다.

"스타더스트, 너는 셀레스틴과 여기 남도록 해. 인간 세계는 너한테 위험할지도 모르니까. 그리고 셀레스틴이 혼자 있

으면 외롭잖니. 나 대신 동생을 돌봐 줘. 알았지?"

스타더스트가 작게 삑삑 소리를 냈다.

셀레스틴은 손을 뻗어 자그마한 미니 드래곤을 품에 안았다. 그런 다음 두 눈에 반짝이는 눈물을 글썽이며 언니에게 마지막 말을 남겼다.

"어서 가."

빅토리아는 동생을 마지막으로 안아 준 다음 꽃송이를 들었다. 그리고 뚜벅뚜벅 구두 소리를 내며 매끄러운 크리스털 바닥을 지나 왕궁을 떠났다.

제16장

꽃송이에 올라탄 빅토리아는 살을 에는 듯한 차가운 공기를 뚫고 날아올랐다. 호위 요정 없이 왕궁을 떠나게 되어 기분이 좋았다. 호위 요정과 함께 인간 친구를 만날 수는 없으니까. 셀레스틴 말고는 그 어떤 요정도 빅토리아가 나오미를 만나러 간다는 걸 알아서는 안 됐다. 인간에게 모습을 드러내는 건 절대로 해서는 안 되는 **금기**였으니까.

하지만 빅토리아는 알고 있었다. 핑크 락이 인간 세계에 있는 장소나 물건이라면, 물어볼 사람은 나오미뿐이야!

위스클링 숲 경계에 도착했을 즈음에는 온몸이 꽁꽁 얼어붙어 움직이기 힘들었다. 장갑을 낀 손가락은 저릿저릿했고, 속눈썹에는 투명하게 서리가 낀 느낌이 확연했다.

빅토리아는 잠시 멈춰서 나무둥치 검문소 안으로 들어갔다. 잠시나마 추위를 피할 수 있어서 다행이었다. 경비 요정이 책상 뒤에 앉아서 샌드위치를 먹고 있었다. 빅토리아는 그 요정을 알아보았다. 예전에 숲을 떠났을 적에도 이곳에 있었던 요정이었다.

"폐하, 오셨습니까."

경비 요정은 급히 일어서서 예를 갖추어 인사했다.

"오랜만이네, 버치."

빅토리아도 인사하며 두 손을 비볐다. 조금이라도 온기를 되찾고 싶어서였다. 버치는 다시 의자에 앉아 명부를 끌어당기며 말했다.

"미니 공주님 이야기는 들었습니다. 정말 마음이 아픕니다. 끔찍한 소식입니다. 끔찍하고말고요. 그날 밤 있던 게 제가 아니라서 다행이라는 생각도 했습니다. 불쌍한 앨버트는 심한 충격을 받고 말았죠. 소문으로는 이 일을 그만두고 싶어 한다더군요……."

조카의 이름을 듣자 빅토리아는 감정이 울컥 북받쳤다. 하지만 애써 감정을 삼켰다.

"내가 직접 미니를 찾으러 갈 생각이라네."

빅토리아는 버치에게 탐험가 배지와 마법 지팡이를 내밀

었다. 위스클링 요정이 숲을 떠날 때는 이 두 가지를 반드시 보여 줘야 했다. 버치는 빅토리아의 이름과 함께 날짜와 시각을 명부에 기록했다. 그리고 함께 금색 문으로 가서 자물쇠에 열쇠를 넣었다. 그 문은 위스클링 숲을 나갈 수 있는 유일한 출구였다.

버치가 문을 여는 동안, 빅토리아는 문 양편으로 쭉 뻗은 경계의 벽을 바라보았다. 돌을 쌓아 벽을 세운 다음 세상을 떠난 위스클링 요정들이 남긴 탄생석을 박아 만든 벽. 허리 높이밖에 되지 않았지만, 고대 마법의 힘은 그 벽보다 훨씬 더 높이 뻗어 나가 위스클링 숲 전체를 감싸는 흐릿한 돔을 만들었다. 강력한 마법 장벽은 인간과 동물이 이 숲으로 들어오지 못하도록 막아 주고 있었다.

"부디 무사히 돌아오십시오, 폐하. 꼭 미니 공주님을 찾으시길 바랍니다."

문이 열리자 버치가 말했다.

"나도 그러기를 바란다네."

빅토리아는 단호한 다짐을 남기고 문을 나섰다. 문을 넘자마자 위스클링 숲이 등 뒤에서 사라졌다. 어둠이 내려앉은 가운데, 돌아가는 길을 알려 주는 건 흐릿하게 반짝이는 희뿌연 허공의 조각뿐이었다.

제17장

주위에 보이는 것이라고는 나무밖에 없었다. 인간 세계도 숲속이긴 마찬가지였다. 다만 위스클링 숲과는 달랐을 뿐이다. 모든 게 더 거칠고, 덜 아름다웠다. 위스클링 숲에서 보던 깔끔하게 포장된 오솔길이나 은방울꽃 모양 가로등, 나무줄기에 뚫려 있던 자그마한 문과 창문은 온데간데없었다. 인간 세계의 숲은 진흙과 지푸라기로 지저분했고, 여기저기 거미줄과 징그러운 송충이가 있었다.

빅토리아는 몸을 부르르 떨고서 꽃송이에 올라탔다. 어두운 겨울 하늘로 날아 올라 나무 꼭대기에 닿았다. 고개를 숙여 아래를 바라보자, 앙상한 나뭇가지 사이로 달빛을 받은 들판과 도로가 보였다. 그 너머에서는 수평선이 반짝였다.

이제 자유로구나!

인정하고 싶지 않았지만, 솔직히 빅토리아는 갇혀 사는 것이나 다름없던 왕궁에서 벗어났다는 사실에 해방감을 느꼈다. 이제는 책임감에서도 완전히 벗어났구나. 왕이 되기 위해 그토록 오랜 시간 싸워 왔지만, 막상 왕이 되고 나니 생각했던 것과는 다르다는 걸 실감하던 참이었다.

빅토리아는 바다를 향해 나아가며 절벽 위쪽으로 다가갔다. 그곳에는 옹기종기 모인 집들이 있었다. 네모난 창문에서 나오는 불빛이 마치 밤하늘에 둥둥 뜬 황금 사각형처럼 빛났다.

얼른 따뜻한 곳에 들어가고 싶어서 견딜 수가 없어! 이제 날씨는 더욱 추워졌고, 얼음장 같은 바닷바람이 빅토리아를 스쳐 지나갔다. 그럴수록 빅토리아는 몸을 웅크리고는 꽃송이를 단단히 잡았다. 머릿속으로 미니를 떠올리자 계속 나아갈 수 있었다.

이윽고 나오미의 집이 보였다. 빅토리아는 나오미의 방 창턱에 내려앉아 안을 들여다보았다. 나오미는 혼자 책상 앞에 앉아 스케치 중이었다. 나오미 역시 빅토리아처럼 의상 디자인과 옷 만들기를 참 좋아했다. 둘의 마음이 통할 수 있었던 것도 옷이라는 공통점 덕분이었다.

빅토리아는 자그마한 주먹으로 있는 힘껏 창문을 두드렸다. 창문 쪽을 돌아본 나오미가 빅토리아를 보자마자 얼굴을 환하게 밝히더니 급히 창문을 열었다.

"빅토리아 폐하!"

나오미가 나지막이 소리를 지르며 손을 내밀었다. 빅토리아는 고마운 마음으로 그 위에 털썩 쓰러지며 나오미의 따스한 손길에 안도했다. 온몸이 시리도록 차가웠다.

"잘 지내셨어요? 오랜만에 보네요!"

나오미가 묻자, 빅토리아는 추워서 이를 딱딱 부딪치며 대답했다. 안 좋은 소식을 미뤄 봤자 좋을 게 없었다.

"상황이 좀…… 안 좋아. 미니가 납치됐어!"

"폐하의 조카가요? 다이아몬드에서 태어난 미니 공주님 말이죠?"

빅토리아는 고개를 끄덕였다. 다시금 눈물이 핑 돌았다.

"미니를 찾으러 왔어. 사악한 위스클링 요정들이 그 애를 인간 세계로 데려갔거든. 그자들을 찾아내야 해!"

"아, 어떡해요!"

나오미는 손바닥 위에 몸을 웅크린 빅토리아를 걱정스러운 눈빛으로 바라보았다.

"폐하 몸이 얼음장 같아요!"

"그래, 몸이 얼음처럼 차가운 느낌이야."

빅토리아는 애써 웃었지만 어설픈 미소만 나올 뿐이었다. 나오미가 얼른 대답했다.

"제가 핫초코를 만들어 드릴게요. 그리고 몸을 녹일 수 있도록 따뜻한 물도 데워 올게요. 그런 다음 이야기를 나눠요."

나오미는 부드러운 손길로 빅토리아를 침대 근처에 있는 인형의 집에 내려 주었다. 빅토리아가 위스클링 숲에서 도망쳤을 때 잠시 살던 집이었다.

인형의 집은 반짝이는 샹들리에와 흑백 줄무늬 벽지, 꼬불꼬불 무늬가 있는 은색 침대와 별무늬 이불 등등 빅토리아의 취향에 맞춰 아름답게 꾸며 놓았다. 위스클링 요정이 인간에게 모습을 드러내는 건 금기였지만, 애초에 빅토리아는 규칙대로 행동하는 요정이 아니었다. 그리고 나오미는 오갈데 없는 빅토리아에게 따뜻한 친절을 베풀었다. 덕분에 지금은 둘도 없는 친구가 되었다.

빅토리아는 덜덜 떨리는 손으로 마법 지팡이를 꺼내 샹들리에에 불을 밝혔다. 이윽고 인형의 집이 따스한 불빛으로 환해졌다. 자그마한 욕실 한가운데에는 화려한 찻잔이 하나 놓여 있었다. 나오미는 찻잔을 들고 방을 나섰다가 5분 뒤에 조심스레 돌아왔다.

"이럴 시간 없어, 나오미. 난 미니를 차, 차, 찾아야 해."

빅토리아가 부들부들 떨며 말했다.

"먼저 몸을 녹이세요. 그런 다음 같이 계획을 세워요. 자, 제가 안에 거품 비누랑 이것저것 다 넣어 놨어요."

나오미가 대답하며 인형의 집 욕실에 찻잔을 내려놓았다.

그리고 빅토리아가 옷을 벗고 따뜻한 물 안에 들어가는 동안 뒤돌아 서 있었다.

빅토리아는 인정할 수밖에 없었다. 오랜만에 느끼는 따뜻함이야. 물에 들어가자마자 뼛속까지 스몄던 한기가 사라지고, 온기가 퍼졌다.

나오미는 욕조 옆에 있는 미니어처 탁자 위에 인형의 집 전용 머그잔과 접시를 올려놓았다. 머그잔에는 핫초코가, 접시에는 사각형으로 작게 자른 버터 토스트가 담겨 있었다. 빅토리아는 허겁지겁 머그잔을 들어 핫초코를 마신 다음, 버터 토스트를 덥석 물었다. 비록 슬픈 일 때문에 이곳에 왔지만, 그래도 나오미가 옆에 있으니 위안이 되었다.

"자, 이제 무슨 일인지 말해 보세요."

나오미의 말에 빅토리아는 설명을 시작했다.

"너무너무 위험한 요정 둘이 탈옥했어! 그자들은 사파이어회라는 위스클링 요정 집단과 함께 미니를 납치해서 인간세계로 데려왔어. 그리고 《위스클링 서》도 훔쳐 갔어. 그 책은 위스클링 숲에서 가장 강력한 마법을 담은 책이야! 금지된 마법을 포함해서 모든 마법 주문이 다 적혀 있다고!"

"정말 위험한 상황 같네요."

나오미가 덜덜 몸을 떨었다.

"정말 위험한 상황 맞아. 게다가 그자들은 날 미워해! 그 요정들이 핑크 락이라는 말을 하는 걸 엿들었어. 내 생각에 그건 인간 세계에 있는 것 같아. 혹시 들어 본 적 있어?"

하지만 나오미는 눈살을 찌푸렸다.

"핑크 락이라는 말은 들어 본 적 없는 것 같아요."

빅토리아는 시무룩해지고 말았다.

"아. 난 네가 알 줄 알았는데."

"그래도 찾을 수 있어요. 인터넷으로는 뭐든 알아낼 수 있거든요!"

나오미는 말을 마치자마자 책상으로 가서 납작하고 네모난 물체를 열고 버튼을 눌렀다. 빅토리아는 네모난 화면이 켜지는 모습을 신기하게 바라보았다. 까맣던 화면이 파랗게 변하더니 이내 바닷가에 서 있는 나오미와 엄마의 사진을 보여 주었다. 나오미는 버튼을 누르면서 무언가를 입력했다. 그러자 화면에 글자가 가득 떠올랐다.

"흐음."

나오미가 중얼거리는 동안 빅토리아는 보글보글 거품이 이는 찻잔 욕조에 몸을 담근 채 초조하게 그 모습을 지켜보았다.

"뭔데 그래? 뭔가 찾았어?"

빅토리아가 묻자, 나오미는 고개를 끄덕였다.

"핑크 락이라는 곳이 있긴 있어요. 읽어 보니까 바다에 불쑥 솟은 커다란 바위를 가리키는 것 같은데요. 그곳 사람들끼리 부르는 **지명**이래요."

나오미는 화면에 뜬 사진을 클릭하기 시작했다. 빅토리아는 찻잔에서 벌떡 일어나 수건으로 몸을 감싸고서 소리쳤다.

"보여 줘!"

나오미는 빅토리아를 노트북 앞으로 데려갔다. 빅토리아는 화면에 뜬 사진을 빤히 바라보며 마구 들뜨려는 마음을 애써 억눌렀다. 아직 기뻐하기에는 일러. 이게 사파이어회가 말하던 핑크 락이 아니라면 어쩌려고?

하지만 이곳이 정말 그 핑크 락이라면?

"핑크 락이라는 이름을 붙인 이유가 있네요. 봄이 되면 분홍색 아르메리아꽃이 바위를 온통 뒤덮기 때문에 그렇대요. 아주 예쁘죠?"

나오미는 꽃으로 뒤덮인 바위 사진을 클릭했다.

"이곳은 여기서 얼마나 멀어?"

빅토리아의 물음에 나오미는 몇 번 더 클릭해 보더니 지도를 펼쳤다.

"한 20킬로미터 정도요."

"당장 거기 데려다줘!"

빅토리아가 열띤 목소리

로 외쳤다. 하지만 나오미는 창문 너머로 별이 반짝이는 하늘을 가리켰다.

"지금은 엄마랑 리암이 날 절대로 내보내지 않을 거예요. 무슨 일이 있더라도요! 난 열다섯 살밖에 안 됐잖아요. 게다가 폐하처럼 꽃송이를 타고 날아갈 수도 없어요. 버스를 타고 가야 한다고요. 걸어가기엔 너무 멀거든요."

"그러면 나 혼자 날아가야겠구나."

빅토리아가 대답했지만, 나오미는 고개를 저었다.

"그것도 안 돼요. 밖은 무척 춥잖아요. 게다가 폐하는 아주 피곤해 보인다고요! 오늘 밤에는 푹 쉬고 내일 날이 밝으면 같이 가는 게 훨씬 나을 거예요."

"생각해 보니 그렇구나."

마음은 초조했지만, 나오미의 말이 옳았다. 지금은 몸을 추스리고 내일 출발하는 편이 훨씬 낫겠지. 오늘 밤은 인형의 집에서 묵으며 아침에 나오미가 데려다주기를 기다릴 수밖에 없었다. 빅토리아는 우울한 마음으로 창밖을 바라보았다.

아스트로펠 경과 어슐라인은 반드시 찾아내겠어. 그리고 미니를 되찾아 복수하겠어.

제18장

동이 트자마자 빅토리아는 나오미를 깨웠다. 그러고는 나오미가 침대에서 일어나 옷을 갈아입을 때까지 계속 나오미의 머리 주위를 맴돌았다. 결국 나오미는 재촉에 못 이겨 아침 식사도 제대로 하지 못하고 집에서 나와야 했다. 나오미는 빅토리아가 코트 주머니 속에 편안히 자리 잡도록 한 다음, 버스 정류장으로 향했다.

"오늘 내가 너무 일찍 일어나서 엄마가 상당히 놀랐던 것 같아요!"

나오미가 에너지바를 먹으며 말했다.

"내가 여기 왔다고 말했니?"

빅토리아가 묻자, 나오미는 고개를 저었다.

"아뇨. 한 번도 폐하가 왔다고 엄마한테 말한 적 없어요. 그러지 말라고 폐하가 말했잖아요! 요정들은 인간에게 모습을 들켜서는 안 된다는 걸 나도 알거든요."

"맞아."

빅토리아도 그렇다고 생각했지만, 아주 조금 아쉽기도 했다. 나오미의 집에서 지냈을 적 함께 살았던 나오미의 엄마 엘리자베스는 빅토리아에게 어머니와 가장 비슷한 존재였기 때문이다. 게다가 빅토리아가 인간 세계에서 유명해졌을 때 매니저 역할을 해 주기도 했다.

"폐하를 다시 보면 엄마도 좋아할 거예요."

나오미 말에 빅토리아는 어물쩍 말을 돌렸다.

"엄마한테 어디 간다고 말은 했어?"

"그럼요! 미술 프로젝트에 간다고 했어요. 지금이 크리스마스 연휴라서 다행이에요. 아니었다면 학교에 가야 했을 테니까요!"

"학교는 빠져도 되잖아."

빅토리아가 주머니 밖으로 머리를 쏙 내밀며 장난스레 말했다. 주위에는 아무도 없었다. 버스 정류장에도 아무도 나와 있지 않았다.

나오미는 미소를 지었다.

"폐하는 학교 다닐 때 수업을 많이 빠졌죠? 확실해요."

빅토리아는 아무 대답도 하지 않았다. 다만 속눈썹을 파르르 떨었다.

이윽고 버스가 왔다. 차 안에는 사람이 별로 없었다. 그래서 빅토리아는 나오미의 어깨에 앉아 목도리 사이에 숨어서 몰래 창밖을 내다볼 수 있었다.

차창 밖으로 지나가는 인간 세계의 풍경을 바라보니 기분이 조금 나아졌다. 이곳은 위스클링 숲과는 아주 달랐다. 기다란 회색 도로나 네모난 집들, 새와 자동차를 비롯해 신기하게 생긴 온갖 것이 들판 위에 나타났다. 모두 참 크기도 하구나!

핑크 락 근처에 도착하기까지 거의 한 시간이 걸렸다. 길이 구불구불한 데다, 승객을 태우려고 버스가 계속 멈췄기 때문이다. 나오미는 빅토리아를 목도리 사이에 넣어 어깨에 올려 둔 채로 버스에서 내렸다.

"비밀의 섬 한가운데에 온 것 같아요!"

버스가 저 멀리 덜컹거리며 사라지자 나오미가 외쳤다. 그리고 바다를 향해 걷기 시작했다. 이윽고 다다른 곳은 수풀이 무성하게 자란 가파른 오솔길이었다. 가까운 바닷가 방향을 가리키는 낡은 표지판이 바닥에 꽂혀 있었다.

"여기가 맞을 거예요."

나오미가 오솔길을 조심스레 내려가며 말했다. 길이 어찌나 가파른지 가는 도중 가시덤불에 다리를 찔렸을 때는 비명을 지르기도 했고, 몇 번이나 비틀거리며 넘어질 뻔했다. 하지만 결국 오솔길 끝에 자갈이 깔린 작은 만이 나타나자, 나오미는 커다랗게 안도의 한숨을 쉬었다.

"여기까지 와 본 사람은 거의 없을 거예요. 오기 쉬운 바닷가가 아니잖아요. 게다가 너무 작고 황량해요!"

그렇다면 위스클링 요정에겐 더없이 좋은 곳이로구나. 빅토리아는 저 멀리 어렴풋이 보이는 바위를 바라보았다.

나오미는 바닷가까지 내려갔고, 빅토리아는 바다 저편을 쳐다보았다. 우뚝 솟은 커다란 회색 바위가 보였다. 하지만 상당히 멀리 떨어져 있어 썰물 때도 걸어서 갈 수 없을 거리였다. 바위는 거의 삼각형 모양을 이루다시피 뾰족하게 튀어나와 있었다. 빅토리아의 눈에 꼭대기 부분을 뒤덮은 무성한 풀이 보였다.

"저거예요. 저게 핑크 락이에요! 하지만 배 없이는 갈 수 없겠어요."

나오미가 손가락으로 바위를 가리키며 말했다. 그러고는 배낭에서 쌍안경을 꺼내 눈에 댔다.

"뭐가 보여?"

빅토리아가 다급하게 묻자 나오미가 대답했다.

"아무것도 안 보여요. 제 눈엔 그냥 바위로만 보여요!"

나오미는 쌍안경을 빅토리아의 얼굴 앞에 대 주었다. 빅토리아는 쌍안경 한쪽을 들여다보았다. 그러자 바위가 더 가깝게 보이면서 여기저기 갈라진 금과 바람에 흩날리는 풀덤불이 드러났다. 하지만 그것 말고는 별것 없었다.

"내가 보기에도 그냥 바위 같아. 하지만 보이는 것만으로는 아무것도 알 수 없어! 아스트로펠 경과 어슐라인은《위스클링 서》를 가지고 있어. 그러니 금지된 마법을 썼을지도 몰라! 내가 직접 저기까지 날아가 봐야겠어."

나오미는 걱정 어린 표정을 지었다.

"폐하 혼자 가신다니 걱정돼요."

"그래도 가야 해."

빅토리아는 단단히 결심한 목소리였다.

"하지만 저 요정들이 폐하가 온 걸 눈치채면 어떡해요? 나쁜 요정들이라고 했잖아요."

나오미의 물음에 빅토리아가 대답했다.

"투명 마법을 쓰면 돼! 지난번에 쓰고 남은 다이아몬드 가루를 조금 가져왔거든."

"그 마법은 금지된 마법이라고 하셨잖아요."

나오미가 또 묻자, 빅토리아는 순순히 인정했다.

"그래, 맞아. 하지만……. 나한테 다른 수가 없는걸. 넌 내가 잡혔으면 좋겠어?"

"아뇨. 절대 아니죠. 투명 마법을 쓰세요!"

나오미의 말에 빅토리아가 미소를 지었다. 셀레스틴보다 나오미에게 비밀을 털어놓기 훨씬 쉽구나. 나오미는 절대로 날 비난하지 않으니까.

빅토리아는 가방을 열어 다이아몬드 가루가 든 병을 꺼냈다. 가슴이 세차게 뛰기 시작했다. 투명 마법을 쓴다 해도 저 곳까지 날아갈 생각을 하니 마음이 불안했다.

아스트로펠 경과 어슐라인이 저기 있으면 어떡하지? 그들은 《위스클링 서》를 갖고 있으니 강력한 마법을 쓸 수 있었다. 평범한 마법은 상대도 되지 않을 거야.

하지만 한편으로는 아스트로펠 경과 어슐라인이 없을까 봐 불안하기도 했다. 핑크 락이 사실 아무 의미도 없는 말이면 어쩌지? 미니가 저기 없다면, 나는 어떡해야 할까.

빅토리아가 다이아몬드 가루를 몸에 바르고 주문을 외웠다. 나오미는 눈앞에서 감쪽같이 사라지는 빅토리아의 모습을 신기하다는 표정으로 바라보았다.

"정말 놀라워요! 폐하가 전혀 보이지 않아요!"

"잘됐구나!"

빅토리아의 목소리가 어딘가에서 들려왔다.

"조심하세요, 빅토리아 폐하. 그래 주실 거죠? 여기서 기다릴게요. 마지막 버스는 오후 네 시에 있어요!"

나오미의 당부에 빅토리아가 대답했다.

"그 전에 오도록 노력해 볼게. 하지만 내가 미니를 찾아낸다 해도…… 그 애를 몰래 빼 오는 게 쉬울 거란 생각은 안 들어. 내가 돌아오지 않더라도 걱정하지 말고 너는 버스를 타고 집에 가. 내가 너를 찾아갈게!"

"알았어요."

나오미는 마지못해 대답했다.

"조심할 테니 걱정하지 말고."

빅토리아는 다시금 약속한 다음, 꽃송이를 타고 하늘로 날아올라 핑크 락으로 향했다. 철썩대며 일렁이는 파도 위를 날아가자, 기분이 묘했다.

바다 위를 날아갈 때마다 저 아래는 단단하지 않다는 게, 그저 거품이 이는 깊고 어두운 물이라는 게 놀라웠다. 핑크 락에 가까워질수록 빅토리아는 꽃송이를 더욱 꽉 움켜쥐었다. 빅토리아의 눈에 보이는 바위는 아주 거대했다. 적어도 위스클링 숲의 한 도시만 한 크기는 되겠어!

바위 아래로 파도가 부서지면서 어둡고 미끈한 자국이 남았다. 하지만 위로 갈수록 바위는 연한 청회색을 띠었고, 꼭대기에는 비바람에 시달린 거친 풀이 덮여 있었다.

빅토리아는 바위 가까이 다가가 주변을 자세히 살펴보았다. 그러자 뭔가 눈에 들어왔다. 희미하고 흐릿한 돔이 바위 전체를 감싸고 있었다. 일렁이며 빛나는 얇은 막은 오로지

위스클링 요정의 눈에만 보이는 것이었다.

바로 마법, 그것도 **금지된 마법**이었다.

제19장

가슴이 쿵쿵 뛰었다. 아스트로펠 경과 어슐라인이 여기 있구나! 아니라면 왜 위스클링 마법이 둘러싸고 있겠어? 이건 《위스클링 서》를 가진 자만이 할 수 있는 마법인걸.

빅토리아는 바위에 더욱 가까이 날아가 아른거리는 마법 돔 앞에 섰다. 손가락 끝으로 조심스레 돔을 찔러 보자 놀랍게도 얇은 막을 쑥 통과했다! 다시 손가락을 빼는데 저릿한 감각이 팔을 쭉 타고 올라왔다.

이건 위험해!

내면의 목소리가 경고했다. 하지만 빅토리아는 그 목소리를 무시했다. 지금은 미니를 찾는 게 가장 중요하니까. 심호흡을 하고 흐릿한 마법 돔을 통과했다.

빅토리아는 숨이 턱 막혔다.

얇은 막 안쪽에서 본 핑크 락은 바깥과 완전히 다른 모습
이었다. 방금까지 보았던 황량한 풍경이 아니라 **마을**이 눈앞
에 펼쳐졌다. 이곳은 위스클링 섬이로구나!

뾰족한 탑이 달린 으리으리한 저택들과
바위 꼭대기에 성이 한 채 있었다. 진회색
돌로 지은 화려한 성은 으스스해 보였
는데, 빅토리아가 꿈에 그리던 성
의 모습이었다.

지금 살고 있는 왕궁도 아주 예뻤지만, 언제나 이런 멋진 성을 갖고 싶었다. 그래서 성을 보자마자 질투가 확 일어 가슴이 쿵쿵 울렸다.

솔직히 말하자면 마을도 상당히 멋있었다. 자그마한 산책로와 오솔길도 예뻤고, 움푹 팬 바위 표면에 녹색 대리석을 붙여 만든 수영장도 귀여웠다. 꽃잎 수영복을 입은 위스클링 요정이 수영장에서 물놀이하는 모습을 보니 온수 마법을 걸어 놓은 모양이었다. 모피와 방울 달린 모자를 휘감은 요정들이 웃으며 걸어가는 모습도 보였다.

빅토리아는 눈을 가늘게 뜨고 아스트로펠 경과 어슐라인을 찾아 섬을 샅샅이 뒤졌다. 하지만 바깥에서는 아무도 찾을 수가 없었다. 그렇다면 둘은 분명 성에 있겠지! 그리고 미니도 거기 있을 거야!

빅토리아는 성 주변을 날아다니면서 높다란 아치형 창문을 들여다보았다. 제발 이 방 중 어딘가에 미니가 있기를 간절히 바랐다. 아스트로펠 경과 어슐라인은 어디에도 보이지 않았지만, 마침내 성 뒤쪽에 난 창문을 들여다보니 아기자기하게 꾸민 아기방이 보였다. 바닥에는 장난감이 흩어져 있고, 한쪽 구석에는 아기용 침대가 있었다. 가슴이 벅차오르는 기분으로 빅토리아는 안을 살폈다.

"미니!"

제20장

자그마한 손으로 침대 난간을 잡고 선 미니가 자그마한 얼굴을 잔뜩 찌푸린 채 더듬이에서 불꽃을 뿜어 댔다. 빅토리아는 목이 울컥 멨다. 미니에게 가야만 해!

빅토리아는 성 주변을 날아다니며 들어갈 곳을 찾았다. 몇 분 후 살짝 열린 창문을 발견했다. 욕실로 보이는 그곳에는 아무도 없었다. 빅토리아가 슬그머니 안으로 들어갔다.

욕실은 무척 웅장하고 화려했다. 천장에는 에메랄드 샹들리에가 달려 있었고, 욕조 옆에는 녹색 크리스털 병이 늘어서 있었다.

빅토리아는 꽃송이를 들고 복도로 나와 미니의 울음소리가 들리는 쪽으로 살금살금 걸어갔다. 속에서 분노가 일었다.

어슐라인과 아스트로펠 경이 어떻게 감히 이럴 수 있지? 미니를 납치한 것도 모자라 우는 아이를 돌보지도 않다니! 어떻게 안아 주고 사랑해 주지 않을 수 있단 말이야? 잡아서 **반드시 없애 버려야겠어!**

빅토리아는 조심스레 복도를 지나갔다. 갑자기 어디서 아스트로펠 경과 어슐라인이 튀어나올지도 몰랐다. 그러다 마침내 미니가 있는 방 앞에 도착한 빅토리아는 조심스레 문에 귀를 댔다. 입구를 찾으러 성 바깥을 날아다니는 동안 아스트로펠 경이나 어슐라인이 방에 들어왔을 수도 있으니까. 하지만 안에서 들리는 소리라고는 미니의 울음뿐이었다.

빅토리아는 문을 열고 조심조심 안으로 들어갔다. 미니가 고개를 돌렸다. 누군가 있다는 걸 눈치챈 모양이었다. 하지만 모습이 보이지 않자, 훨씬 더 큰 소리로 울기 시작했다. 빅토리아는 곧바로 침대로 달려가 미니를 안아 주고 싶은 마음이 간절했지만, 온 힘을 다해 꾹 참았다. 지금은 조심스레 행동하며 아무 소리도 내지 않고 미니를 방 밖으로 데리고 나가야 했다.

미니를 조용히 시킬 수 있는 가장 안전한 방법은 잠재우는 마법을 거는 거야. 빅토리아는 《위스클링 서》에서 봤던 잠재우는 마법을 아직 기억하고 있었다. 금지된 마법을 쓰고 싶지는 않지만, 다른 방법이 없어.

빅토리아는 미니에게 지팡이를 겨누고 주문을 외웠다. 무지갯빛 다이아몬드 불꽃이 자그마한 요정 공주의 몸으로 쏟아지자, 미니는 잠깐 놀란 표정을 지었다가 이내 부드럽게 침대에 쓰러져서 잠들었다.

빅토리아는 얼른 지팡이와 꽃송이를 내려놓고 미니를 안아 올렸다. 부드럽고 따스한 미니를 품에 꼭 안으니 그제야 안도감이 몰려왔다. 눈물이 쏟아질 것만 같아 빅토리아는 눈을 빠르게 깜빡였다. 이제 미니를 집으로 데려갈 거야! 셀레스틴도 기뻐하겠지. 날 자랑스러워 할 거야. 빅토리아는 미니를 꼭 껴안고 이마에 입을 맞추며 사랑스럽고 포근한 아기의 향기를 다시 들이마셨다. 그러다 퍼뜩 자신이 왜 여기에 왔는지를 떠올렸다.

어서 성 밖으로 나가야 해!

빅토리아는 조심스레 미니를 망토로 감싸 투명 마법으로 숨겼다. 그리고 마법 지팡이와 꽃송이를 집으려고 허리를 굽혔다. 그 순간, 들려오는 소리에 온몸이 얼어붙어 손이 멈추고 말았다.

발소리가 나! 누군가가 복도를 따라 이곳으로 저벅저벅 다가오고 있었다. 빅토리아는 필사적으로 손을 더듬어 지팡이와 꽃송이를 잡으려 했지만, 몸이 말을 듣지 않았다.

겨우 꽃송이를 잡은 순간, 누군가 문을 열고 방에 들어왔다.

어슐라인!

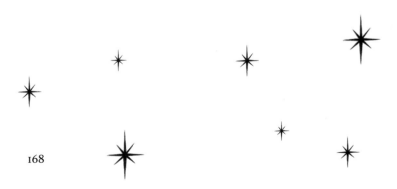

제21장

빅토리아는 어슐라인을 멍하니 쳐다보았다. 다시 보게 되니 기분이 무척 이상했고, 오싹하기까지 했다. 옛날 옛적에는 친구였건만.

어슐라인은 해초처럼 치렁치렁한 초록색 드레스를 입고, 목에는 에메랄드와 페리도트, 귀감람석으로 만든 목걸이를 걸었다. 절반은 검은색, 절반은 흰색인 머리카락이 찰랑거렸고, 눈꺼풀은 초록색으로 반짝였다. 뾰족한 귀에는 커다란 초승달 귀걸이를 달았는데, 오래전 위스클링 숲의 스산한 어둠 속에서 함께 음모를 꾸몄을 때도 봤던 것이었다.

숨이 막혀 왔다. 어슐라인은 누구든 홀릴 만큼 무척 아름다웠다. 말을 잇지 못할 정도였다.

그래, 어슐라인은 매력과 영리함으로 모두를 홀리는 요정이었지. 풍겨 나오는 위험한 분위기만으로도 상대를 꼼짝 못하게 만들었어.

그때, 텅 빈 침대를 발견한 어슐라인이 눈을 가늘게 뜨고 외쳤다.

"미니? 어딨니?"

빅토리아는 조각상처럼 가만히 서서 미니의 침대 옆에 떨어진 자신의 마법 지팡이를 바라보았다. 어슐라인이 제발 지팡이를 발견하지 못하기를, 방에서 나가 주기를, 그래서 얼른 창문으로 달려가 날아갈 수 있기를 바랐다. 지팡이를 꼭 챙겨야 할까? 안 그래도 될 것 같은데! 위스클링 숲에 돌아가면 새로 만들 수 있으니까. 꽃송이만 있으면 탈출할 수 있어!

"미니? 침대 밖으로 나간 거니?"

방을 둘러보던 어슐라

인이 빅토리아가 서 있는 쪽을 힐끗 쳐다보았다. 순간 미니가 망토 안에서 코를 훌쩍였다. 빅토리아는 덜컥 겁이 났다.

"미니, 대체 어딨니? 진짜 **골칫덩이**로구나!"

어슐라인의 목소리에 짜증이 배어 나왔다.

빅토리아는 분노가 치밀었다. 용기도 함께 솟아올라서 뒤로 한 걸음 물러설 수 있었다. 이대로 창문까지 갈 수만 있다면, 어슐라인이 눈치채기 전에 창문 밖으로 날아갈 수 있을 거야.

다섯 걸음, 네 걸음…….

"아하!"

그때였다! 어슐라인이 바닥에 놓인 빅토리아의 마법 지팡이를 발견하고 소리쳤다. 지팡이를 홱 집어 든 어슐라인은 얼굴이 새하얘졌다. 별 모양 다이아몬드를 가로지르는 까만 얼룩을 못 알아볼 수가 없었다. 창문으로 조용히 다가가던 빅토리아의 가슴이 더욱 세차게 뛰었다.

세 걸음, 두 걸음…….

어슐라인이 눈을 가늘게 떴다. 빅토리아는 어슐라인에게서 뿜어져 나오는 위험한 기운을 느낄 수 있었다. 하지만 어슐라인 역시 충격을 받은 건 마찬가지였다. 더듬이에서 초록빛 불꽃이 뿜어져 나왔다.

"왜 지팡이를 두고 갔을까? 혹시 아직 여기 있니?"

어슐라인이 큰 소리로 물었다. 한 손에는 빅토리아의 지팡이를, 다른 손에는 자신의 에메랄드 달 모양 지팡이를 든 어슐라인은 지팡이를 무기처럼 앞세우며 외쳤다.

"어서 나와! 나와! 나오라고! 어디 있든지 당장 나와!"

갑자기 어슐라인이 멈춰 섰다. 그러더니 가만히 귀를 기울였다.

빅토리아는 꼼짝도 하지 못했다. 숨조차 함부로 쉴 수 없었다.

숨 막히는 정적 가운데에서 미니가 다시 훌쩍거렸다.

"너희 여기 있구나!"

이젠 어쩔 도리가 없었다. 빅토리아는 창문으로 뛰어가 더듬더듬 걸쇠를 열었다. 하지만 어슐라인이 창문 걸쇠의 움직임을 보고 말았다. 어슐라인은 곧바로 창문을 향해 지팡이를 겨누면서 잠재우는 마법 주문을 외웠다.

반짝이는 초록색 불꽃이 쏟아져 내리는 장면을 마지막으로, 빅토리아는 눈을 감았다. 바닥에 털썩 쓰러지면서도 미니가 다치지 않도록 몸을 기울였다.

"잡았다."

어슐라인이 섬뜩하게 속삭였다.

제22장

빅토리아는 차가운 돌바닥에서 눈을 떴다. 투명 마법을 걸었던 다이아몬드 가루는 모두 사라졌다. 몸을 일으키며 기억을 더듬던 빅토리아는 순간 정신이 아찔해졌다.

미니! 미니는 어디 있지?

빅토리아가 자리에서 일어나 주위를 살폈다. 이곳은 지하 감옥인 것 같았다. 높은 벽 위로 가느다란 창문이 나 있고, 눈앞에는 철창이 달린 커다란 문이 굳게 닫혀 있었다. 하지만 미니는 온데간데없었다.

갇혔구나! 덮쳐 오는 공포에 비명을 지르고 싶었지만, 빅토리아는 입을 꾹 다물었다. 대신 서둘러 창살을 잡고 너머를 바라보았다.

그 순간, 빅토리아는 눈앞에 펼쳐진 광경에 눈을 번뜩였다. 어슐라인이 미니를 무릎에 앉힌 채 위아래로 흔들고 어르면서 우쭐한 미소를 짓고 있었다.

"아이를 이리 내."

빅토리아가 위협적으로 말하자 어슐라인이 고개를 들었다.

"아, 정말 **너**구나."

미니는 빅토리아를 보자마자 손을 뻗으며 환한 미소와 함께 옹알이를 했다. 빅토리아가 다시 외쳤다.

"아이를 이리 달라고."

"네가 원한다면야!"

어슐라인은 노래하듯 말했다. 그리고 미니를 바닥에 내려놓은 다음 빅토리아에게 가까이 다가왔다. 미니도 기어 오더니, 자그마한 손으로 창살을 잡고 울기 시작했다.

"우리를 어떻게 찾았지?"

어슐라인이 물었지만 빅토리아는 단호하게 말했다.

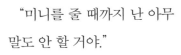

"미니를 줄 때까지 난 아무 말도 안 할 거야."

"아, 그렇게 나오겠다면, 나도 수가 있지."

어슐라인은 지팡이를 빅

토리아에게 겨누었다. 동시에 미니가 울기 시작했다. 빅토리아가 이를 악물었다. 나에게는 무슨 짓을 해도 상관없지만, 미니를 겁에 질리게 해서는 안 돼.

빅토리아는 억지로 미소를 지으며 미니를 안심시켰다.

"괜찮아, 미니. 울지 마. 이모는 이 아름다운 성에 잠시 있다가 너를 데리고 집으로 돌아갈 거야."

"말해! 어떻게 이 섬을 찾아냈지? 내가 《위스클링 서》를 가지고 있다는 사실을 잊지 마. 난 네가 뭐든지 다 털어놓게 만드는 주문도 찾아낼 수 있어. 널 해칠 주문도 찾을 수 있고. 그러니 내가 마법을 쓰기 전에 말하는 게 좋을걸."

어슐라인이 다그쳤다. 빅토리아는 마른침을 삼켰다. 옴짝달싹할 수 없는 상황인 데다 미니가 훌쩍거리는 소리도 듣고 싶지 않았다. 눈물이 핑 돌았지만 눈을 깜빡여 참았다. 어슐라인 앞에서는 울고 싶지 않았으니까.

"말하면 미니를 돌려줄 거니? 너, 정말로 미니가 필요해?"

그러자 어슐라인은 대수롭지 않다는 듯 대답했다.

"뭐, 나한텐 필요 없어. 하지만 아스트로펠 경에겐 필요하지. 얘를 위스클링 섬의 왕으로 만들고 싶어 하니까. 사파이어회 요정들도 마찬가지고. 하지만 얘는 왕이 되지 못할 거야. 내가 있는 한 말이지."

"그게 무슨 소리야?"

빅토리아가 묻자, 어슐라인은 사악한 눈빛을 번뜩이며 대답했다.

"곧 알게 될 거야!"

"미니를 어서 돌려줘!"

빅토리아가 다그치자, 어슐라인이 소리쳤다.

"아직은 안 돼. 하지만 네가 얌전히 굴면 오늘 밤에 줄 수도 있어. 물론 아닐 수도 있고."

빅토리아는 주먹을 불끈 쥐었다. 하지만 어쩔 수가 없었다. 미니를 되찾으려면 어슐라인에게 맞춰 줘야 했다.

"먼저, 핑크 락을 어떻게 찾아냈는지 말해 봐."

결국 빅토리아는 입을 열었다. 그리고 사파이어회가 트위스티 가게에 모여서 무슨 이야기를 하는지 엿들으려고 투명 마법을 쓴 이야기를 모조리 털어놓았다. 그만큼 미니를 다시 품에 안고 싶은 마음이 간절했다.

"또 누구에게 말했어? 정말로 아무에게도 말 안 했어?"

어슐라인의 질문에 빅토리아는 거짓말을 했다.

"안 했어. 내가 금지된 마법을 썼다는 걸 알릴 수가 없었으니까. 난 미니를 찾으러 혼자서 여기까지 온 거야."

어슐라인은 키득거렸다.

"넌 정말 한결같구나. 안 그래? 남들이 하라는 대로 하고, 저항하질 못해. 넌 절대로 **제대로 된 왕**이 될 수 없을 거야."

빅토리아는 몸이 돌처럼 굳었다. 어슐라인은 빅토리아에게 상처 주는 방법을 정확하게 알고 있었다.

어슐라인이 계속 말했다.

"핑크 락에 대해 아무에게도 말하지 않았다는 말은 못 믿겠어. 셀레스틴에겐 말했겠지. 하지만 상관없어. 위스클링 숲의 요정들이 섬을 찾아낸다 해도 상대도 되지 않을 테니까. 우리에겐《위스클링 서》가 있거든!"

"알아."

빅토리아가 대답했다. 그 사이 미니는 칭얼거릴 뿐 더 이상 크게 울진 않았다. 그래서 빅토리아도 한결 차분해졌고, 호기심이 생기기 시작했다.

"어떻게《위스클링 서》를 훔친 거야? 탈옥은 어떻게 했고?"

빅토리아의 물음에 어슐라인은 무심히 자신의 손톱을 바라보았다. 은은한 금빛을 띤 초록색 매니큐어가 반짝였다. 하지만 어슐라인의 입꼬리는 우쭐한 기색으로 올라가 있었다. 빅토리아는 알고 있었다. 어슐라인은 자랑하고 싶은 마음을 참지 못할 거야.

"똑똑한 머리를 썼지. 난 똑똑하니까! 다 내 머리에서 나온 생각이었어! 먼저 아스트로펠 경에게 나와 손잡자고 설득했어. 물론 처음에는 싫다고 했지만, 결국 마음을 돌리더라. 내가 쓸모 있다는 걸 알았으니까. 나도 아스트로펠 경이 나한테 쓸모가 있다는 걸 알았고. 아스트로펠 경에게는 여전히 충성을 바치는 추종자들이 있었거든! 바로 **사파이어회** 말이야. 우리가 탈옥할 때 사파이어회를 이용할 수 있다는 걸 난 알았다고! 우선 그자들이 면회를 왔을 때, 간수 요정들을 잠재울 수 있는 금지된 주문을 몰래 가르쳐 줬지……."

빅토리아는 저도 모르게 감탄하며 이야기를 들었다.

"사파이어회는 너랑 셀레스틴에게 분노하고 있어. 너희가 귀족 회의를 없애 버려서 권력과 지위를 잃었으니까. 그자들은 아스트로펠 경의 명령을 기꺼이 따르고도 남았지. 그래서 순수한 다이아몬드에서 태어난 아기를 왕의 자리에 앉히고, 위스클링 숲을 떠나 **새 왕국**을 만들자는 내 생각에 열렬히 찬성했어. 그리고 사파이어회 소속 탐험가 요정들이 여기를 찾아낸 거야. 핑크 락 말이야. 정말 완벽한 곳 아니니?"

빅토리아는 고개를 끄덕였다. 아니라고 할 수 없었다. 위스클링 섬은 어딜 봐도 완벽해 보였다. 아스트로펠 경과 어슐라인이 이토록 어려운 일을 몰래 해냈다는 게 정말이지 믿어지지 않았다.

"여름이 되면 아르메리아꽃이 질 거야. 그때는 섬을 둘러싼 파도가 청록빛으로 반짝이지. 그러면 이곳은 **천국**처럼 아름다워질 거야!"

어슐라인은 씩 웃으면서 검은색 머리카락을 손가락으로 배배 꼬았다.

"어떻게 이 모든 걸 이렇게 빨리 준비할 수 있었어?"

빅토리아가 묻자, 어슐라인이 대답했다.

"아, 급히 진행한 건 아니야. 몇 달 전부터 사파이어회 탐험가들이 여기 와 있었거든. 그동안 성을 건설하고, 바깥에서는 아무도 섬을 볼 수 없게 보호 마법을 쳤어. 다행히도 아스트로펠 경은 《위스클링 서》에 나오는 보호 마법 주문을 기억하고 있더라. 그래서 감옥에서도 탐험가들에게 보호 마법 주문을 가르칠 수 있었어. 너도 알다시피, 그자는 《위스클링 서》를 깊이 연구한 요정이잖아."

"그래, 알아."

빅토리아가 분노에 차 으르렁거렸다. 아스트로펠 경은 감옥에 갇히기 전까지 왕의 고문이라는 막강한 지위를 이용해 《위스클링 서》를 볼 수 있었지.

"아스트로펠 경은 어디 있어? 내가 여기 있다는 걸 알아?"

빅토리아가 묻자, 어슐라인은 고개를 저었다.

"아니. 너는 나만의 소소한 비밀이야! 아스트로펠 경은 이 대로 두는 게 더 나아. 그자는 널 죽이고 싶어 할 뿐인걸. 이 성을 설계한 건 나야. 아스트로펠 경은 추종자들에게만 정신이 팔려서 이 지하 감옥이 있는 줄도 모른다고! 여긴 비밀 문 아래에 있어. 언젠가는 아스트로펠 경을 여기에 가둬 둘 계획이었지만…… 그자를 처리할 더 좋은 계획이 있어……."

어슐라인이 씩 웃었다. 섬뜩한 미소가 번뜩였다.

"왜 나를 죽이지 않아?"

빅토리아가 묻자, 어슐라인은 길게 뻗은 속눈썹을 깜빡이면서 빅토리아의 눈을 똑바로 바라보았다. 빅토리아는 무언가…… 알 수 없는 전율을 느꼈다. 온몸에 메아리가 치는 것만 같았다.

이윽고 어슐라인이 대답했다.

"모르겠어. 사실 네가 내 성에 몰래 숨어든 걸 봤을 때는 하마터면 죽일 뻔했지. 하지만 뭔가 마음에 걸리더라. 어쩌면 그 옛날의 그리움 때문일지도 모르겠어. 우린 옛날 옛적에 좋은 **친구**였잖아?"

"최고의 친구였지."

빅토리아는 솔직하게 인정했다. 잠시 다시 예전으로 돌아간 것만 같았다. 어슐라인에게 나쁜 감정이 전혀 없었던 그때.

둘은 별빛이 찬란한 하늘 아래, 비밀스러운 어둠 속에서 나란히 앉아 음모를 꾸미고 계획을 세웠다. 둘 사이에 강한 전류가 흘렀다. 사악한 마음이 통했던 과거. 빅토리아는 눈을 피하며 고개를 저어 불편한 마음을 떨쳐 냈다.

"네가 날 배신했잖아."

빅토리아가 날카롭게 외치자, 어슐라인도 대꾸했다.

"빅토리아, 네가 날 배신한 거지."

"우리는 서로를 배신했어."

빅토리아는 고개를 끄덕였다. 미니가 다시 칭얼거렸다.

"이제 미니를 돌려줄 수 있어?"

빅토리아가 묻자, 어슐라인은 고개를 저었다.

"아직 안 된다고 했잖아. 잘하면 오늘 밤에 돌려줄 수도 있고. 모든 게 계획대로 된다면…… 내가 원하는 대로 일이 잘 풀린다면…… 얘는 필요 없게 될 테니까……."

빅토리아는 눈을 가늘게 뜨고서 물었다.

"뭘 할 셈이야, 어슐라인?"

"아주 특별한 계획이 있어. 곧 알게 될 거야!"

어슐라인은 활짝 웃더니 가느다란 창문을 힐끗 바라보았다. 안으로 들어오는 빛이 희미해지고 있었다.

"난 그만 가 봐야겠어. 나중에 널 데리러 다시 올게."

어슐라인이 허리를 굽혀 미니를 들어 올리면서 말했다.

"나를 데리러 온다니 무슨 소리야?"

빅토리아는 다시금 스멀스멀 다가오는 공포를 느끼며 소리쳤다. 어슐라인이 멀어져 갔다. 미니는 빅토리아에게 손을 뻗으며 울상을 지었다.

"곧 알게 될 거야!"

어슐라인은 초록색 치맛자락을 휘날리면서 모습을 감췄다.

제23장

빅토리아는 주먹 쥔 손을 허리에 얹고 감옥 안을 이리저리 걸었다. 미니를 어디로 데려간 거지? 꼼짝없이 갇혀 있자니 속이 타 들어갔다. 미니를 보기만 하고 안지 못한 것도 너무나 힘들었다. 가느다란 창문 틈으로 비쳐 드는 빛이 보라색으로, 이윽고 은색 별빛이 드문드문 뿌려진 짙푸른 잉크 빛깔처럼 변할 때까지 빅토리아는 초조하게 걷고 또 걸었다.

밤이 더 깊어 가자 빅토리아는 바깥에서 들려오는 소리에 귀를 기울였다. 파도 소리에 섞여 성으로 다가오는 열띤 목소리가 들렸다. 바깥을 내다보고 싶었지만, 창문이 너무 높았다. 어슐라인이 꽃송이를 뺏어 가지만 않았어도! 하지만 지금은 그저 이를 갈며, 기다릴 수밖에 없었다.

마침내 지하 감옥 계단을 내려오는 발소리와 함께 어슐라인이 나타났다. 어슐라인은 반짝반짝 빛나는 보석이 달린 금빛이 도는 초록색 드레스를 입고 있었다. 허리에 찬 넓적한 허리띠에는 에메랄드 지팡이를 꽂아 두었다. 어슐라인은 아주 강력해 보였다. 하지만 미니는 보이지 않았다.

"미니는 어딨어?"

빅토리아는 곧바로 물었다. 마음이 너무나 다급했다.

"미니는 **잘 있어.** 조금 있으면 보게 될 거야. 넌 나랑 같이 갈 거거든!"

어슐라인은 대답하더니 허리띠에서 지팡이를 빼 들고 빅토리아에게 겨누었다.

"이럴 수밖에 없어서 미안해."

하지만 표정을 보니 미안한 기색이 전혀 없었다. 빅토리아는 심장이 쿵쿵 울리는 가운데 자신의 적인 어슐라인을 노려보았다.

"위스킴모빌리자!"

어슐라인이 쇳소리로 주문을 외웠다. 초록색 불꽃이 지팡이에서 쏟아져 나와 빅토리아에게 내려앉았다. 눈 깜빡일 새도 없이 순식간에 몸이 굳고 말았다.

빅토리아는 공포에 떨며, 오로지 눈만 세차게 깜빡였다.

말도, 비명도 나오지 않았다!

"흠흠, 좋아."

어슐라인은 미소를 지으며 말하고는 지팡이를 다시 빅토리아에게 겨누며 다른 주문을 외웠다. 빅토리아가 한 번도 들어 본 적 없는 주문이었다. 그 순간, 빅토리아의 의지와 상관없이 공중에 몸이 떠오르더니 감방 문을 향해 걸어가기 시작했다.

어슐라인은 그런 빅토리아를 보며 히죽 웃더니, 감방 문을 연 다음 지팡이를 획획 휘둘렀다. 그러자 빅토리아의 몸에서 반짝이는 녹색 불꽃이 파르르 일었다. 그러고는 빅토리아의 몸이 저절로 움직여 감방에서 나와 지하 감옥 계단으로 움직였다.

어슐라인이 속삭여 말했다.

"널 내 비밀 공간으로 데려갈 거야. 아스트로펠 경을 염탐할 때 쓰는 방이 있거든. 그자가 날 없애 버리려는 계획을 세웠다는 걸 알아……. 아스트로펠 경이 캘릭스와 하는 말을 엿들었어. 날 다 이용했으니 버리려는 거지, 뭐……. 하지만 난 항상 그자보다 한 수 위에 있어!"

어슐라인은 가볍게 깔깔 웃으며 말을 이었다.

"넌 특별히 구경시켜 줄게. 도망칠 수는 없겠지만!"

빅토리아의 몸이 지하 감옥 계단을 스르르 올라갔다. 몇 번 계단을 더 올라가자 어두운 복도가 나왔다. 주위에는 아무도 없었다.

"다들 지금쯤 연회장에 있을 거야."

어슐라인은 기쁘게 말했다. 그러고는 빅토리아를 자그마한 방으로 데려갔다. 틈새처럼 보이는 아주 가느다란 창문이 벽에 나 있었다. 어슐라인은 빅토리아를 창문 앞으로 밀어서 반대편을 들여다보게 했다.

돌벽으로 된 커다란 연회장과 그곳을 가득 채운 위스클링 요정들이 보였다. 벽에 단 거치대에 놓인 촛불이 사방을 비추었다. 요정들은 다들 긴 테이블에 앉아 있었는데, 적어도 100명은 되어 보였다!

빅토리아는 눈을 크게 뜨고서 미니를 찾았다. 저기야! 미니는 상석에 놓인 딱딱해 보이는 아기 의자에 앉아 있었고, 옆에는 아스트로펠 경도 함께였다.

어슐라인이 등 뒤에서 말했다.

"난 이제 가 봐야겠어. 넌 여기에 두고 갈 거야. 하지만 마비 마법이 풀리더라도 도망칠 생각은 하지 마. 네가 여기 있다는 사실을 누군가에게 알린다면 난 주저 없이 미니를 죽일 거니까. 정말이야. 바로 네 눈앞에서 죽여 줄 테니 그리 알아!"

어슐라인이 방을 나가는 소리가 들렸다. 이윽고 자물쇠가 잠겼다.

잠시 뒤, 연회장에 들어서는 어슐라인이 보였다. 금빛이 도는 초록색 치맛자락을 휘날리며 당당하게 연회장을 가로질러 들어간 어슐라인은 아스트로펠 경과 미니가 있는 상석으로 향했다. 거기에는 귀족 회의에서 높은 자리를 차지했던 캘릭스와 앨드리치도 있었다.

오랜만에 아스트로펠 경을 다시 보자, 빅토리아는 가슴이 세차게 뛰었다. 아스트로펠 경은 어슐라인을 보고도 딱히 반가운 기색을 보이지 않았다.

어슐라인이 자리에 앉자, 아스트로펠 경은 어슐라인에게 검붉은 음료수를 따라 주었다. 어슐라인은 긴장한 기색을 애써 숨기곤 미소를 지으며 잔을 받았다.

다들 아주 가식적이군! 눈에 다 보이는걸. 그저 서로를 봐주는 것뿐이야.

빅토리아는 어슐라인이 잔을 입에 대고 기울이기 전에 몰래 냄새를 맡는 모습을 바라보았다. 저 안에 뭐가 들어 있다고 생각한 걸까? 하긴 아스트로펠 경이라면 독을 넣고도 남을 요정이지.

이윽고 사파이어회 요정들이 거대한 접시를 들고 들어왔다.

탐험가 요정들이 인간 세계에서 훔쳐 왔구나. 맛있는 냄새가
빅토리아가 있는 방까지 풍겨 왔다. 배가 꼬르륵거렸다. 접시
에는 거대한 생선구이, 부드러운 치즈, 바닷소금을 뿌려 구운
비스킷, 포도와 초콜릿 무스가 담겨 있었다.

요정들이 식탁 여기저기에 음식을 나눠 주기 시작했다. 빅토리아는 미니가 생선을 뱉어 내고, 초콜릿 무스만 먹는 모습을 바라보았다. 마비 마법에 걸리지만 않았더라면 크게 웃었을 텐데. 참 미니다웠으니까! 그동안 어슐라인은 천천히 식사하면서 아스트로펠 경과 캘릭스를 향해 눈을 계속 깜빡였지만, 둘 다 일부러 어슐라인을 무시하는 듯했다.

저녁 식사가 길어지면서 빅토리아는 몸에 감각이 조금씩 돌아오는 걸 느꼈다. 안도의 한숨을 쉰 빅토리아는 창문으로 가까이 다가가 얼굴을 바짝 붙였다.

식사를 마친 아스트로펠 경은 의자에서 일어나더니 지팡이를 높이 들었다. 그러고는 천장을 향해 폭죽을 쏘아 요정들을 조용히 시켰다.

"내가 몇 마디 하고 싶소만……."

아스트로펠 경은 미소를 지으며 촛불 아래 탐욕스러운 눈을 번뜩였다.

모두가 환호성을 질렀고, 몇몇 요정들은 자리에서 일어나 발을 구르며 열정적인 반응을 보였다. 빅토리아는 트위스티 가게에서 봤던 요정들을 알아보았다. 스펙트레일리아와 버터스카치, 플린트. 아스트로펠 경은 사랑하는 추종자들을 다시 만나게 되어서 무척 기쁘겠군!

"아스트로펠 경 만세! 미니 폐하 만세!"

아스트로펠 경은 꾹 다문 입술 위로 거짓 미소를 한번 띠우더니 연설을 시작했다.

"오늘 밤 우리는 새로운 왕을 맞이하게 되었소! 다 함께 축하합시다! 우리는 믿을 수 없을 만큼 놀라운 일을 이루어 냈소. 우리의 새로운 위스클링 왕국을 세운 것이오. 더는 바랄 게 없을 정도로 **호화로운 왕국**이라오. 빅토리아 스티치가 없는 **왕국! 순수한 다이아몬드** 요정이 왕의 자리에 오른 왕국 말이오!"

모두가 다시 환호했다. 몇몇 요정은 천둥소리처럼 발로 바닥을 구르며 환호했다.

"대단한 일이오! 이제 미니 왕을 위해 건배합시다!"

아스트로펠 경이 잔을 들며 소리쳤다. 다른 요정들도 모두 아스트로펠 경을 따라 잔을 들었다. 요정 하나가 녹색 벨벳 쿠션 위에 작은 왕관을 얹어 총총걸음으로 다가왔다. 아스트로펠 경은 왕관을 높이 들어 올렸다. 촛불 빛에 왕관이 반짝였다.

바로 그때, 쾅 소리와 함께 어슐라인이 의자 뒤로 쓰러졌다. 연회장이 고요해졌다. 다들 고개를 돌려 어슐라인을 보았다. 아스트로펠 경은 눈살을 찌푸리며 왕관을 내려놓고, 잽싸게 지팡이를 들었다.

목을 부여잡고 숨을 헐떡이는 어슐라인이 다리를 마구 버둥거렸다. 겁에 질린 표정이었다. 아스트로펠 경은 차가운 눈빛으로 어슐라인을 쳐다보았다.

"어라? 왜 그러시오?"

"숨을 못 쉬는 듯한데요!"

누군가가 소리쳤다.

"생선이 잘못되었나 봅니다!"

또 다른 누군가가 외쳤다.

빅토리아는 놀란 얼굴로 연회장을 지켜보았다. 이게 무슨 일이지? 어슐라인이 정말 죽어 가고 있나? 아니면 그런 척하는 건가? 대체 어떻게 된 거지? 아스트로펠 경이 진짜로 음료수에 독을 넣었나 봐! 이대로 어슐라인이 죽는다면 이 자그마한 방에 영원히 갇히게 될지도 몰라!

어슐라인은 토악질을 하며 숨을 헐떡였다.

"생선이 문제였나 보군!"

아스트로펠 경이 걱정하는 척 들은 말을 따라 했다. 하지만 빅토리아는 그가 캘릭스에게 교활하게 미소 짓는 모습을 보았다. 캘릭스 역시 마주 보며 미소를 지었다.

"오, 어떡하지?"

아스트로펠 경은 주위를 둘러보며 어쩔 줄 모르겠다는 표정을 지었다.

이제 어슐라인은 작게 움찔거릴 뿐, 더는 아무런 소리를 내지 않았다. 연회장이 놀란 요정들의 수군거리는 소리로 소란스러워졌다.

"아스트로펠 경을 돕던 어슐라인이 정말 죽은 거야?"

"오늘 밤 축하해야 할 자리가 슬프게 끝나 버렸소."

아스트로펠 경이 입을 열었다. 하지만 그의 입꼬리에는 웃음기가 감돌았다.

"이런 비극에도, 우리를 다스릴 새 왕의 **즉위식**은 계속되어야 하오!"

아스트로펠 경은 다시 미니를 돌아보았다. 빅토리아는 멍하니 그 광경을 지켜보았다. 어슐라인이 죽은 건 잘된 일······ 아니니까! 난 어떻게 이 방에서 빠져나가지? 이제 어떻게 아스트로펠 경의 손아귀에서 미니를 구하지?

아스트로펠 경은 지팡이를 식탁 위에 내려놓고 다시 왕관을 들어 올렸다. 연회장이 조용해졌다.

바로 그때, 빅토리아는 등줄기에 소름이 쫙 끼쳤다.

어슐라인의 발이 꿈틀 움직였다. 자세히 보지 않으면 모를 정도로. 곧이어 어슐라인이 매끄러운 동작으로 단번에 일어났다. 그 바람에 휘날리는 머리카락이 뺨을 마구 때려 델 정도였다. 어슐라인은 지팡이를 아스트로펠 경에게 쑥 들이밀었다.

"위스키헥사모르티스!"

비명 같은 주문과 함께 어슐라인이의 지팡이에서 초록색 불꽃이 뿜어져 나와 아스트로펠 경의 가슴을 정통으로 맞혔다. 그 자리에 있던 위스클링 요정들이 일제히 숨을 죽였다.

아스트로펠 경이 의자에 앉은 채로 뒤로 넘어가면서 돌바닥에 쾅 부딪혔다. 목이 졸린 듯한 비명을 질러 대는 아스트로펠 경의 몸에서 매캐한 연기가 났다. 빅토리아는 캘릭스가 지팡이로 손을 뻗는 모습을 보았다. 하지만 그가 미처 주문을 외우기도 전에 어슐라인은 벌써 캘릭스에게 선명한 초록색 불꽃을 마구 뿜어 대고 있었다.

"위스키헥사모르티스!"

캘릭스는 지팡이를 손에서 놓친 채 의자에 주저앉았다. 휘둥그레 뜬 두 눈이 허공을 멍하니 응시했다.

죽은 것이다.

연회장은 비명과 몰아쉬는 숨소리로 가득했다. 빅토리아는 숨도 제대로 못 쉬고 그 광경을 지켜볼 수밖에 없었다. 충격과 공포…… 여러 감정에 휩싸였다.

아스트로펠 경이 죽었어! 마침내 죽었다고!

어쨌든 위스클링 요정이 죽은 것이니, 안타까워야 마땅했으나 그런 마음은 들지 않았다.

어슐라인이 의자 위로 펄쩍 뛰어올라 연회장 안을 둘러보았다. 남은 요정들은 부들부들 떨면서 앉은 자리에서 몸을 움츠렸다.

"아스트로펠 경은 나를 없애려 했지만, 결국 실패했다. 그러니 이제 내가 너희의 **새 왕**이다! 이제 너희는 나를 모시게 될 것이다!"

어슐라인은 의기양양한 표정으로 외쳤다.

"그럴 일은 절대로 없어!"

작지만 용감한 목소리가 들렸다. 놀랍게도 그 목소리의 주인은 버터스카치였다. 어슐라인은 치맛자락을 휘날리며 이리저리 두리번거렸다.

결국 어슐라인이 말을 뱉은 버터스카치를 찾아내 지팡이를 겨누었다. 버터스카치는 마비 마법을 맞고 쓰러졌다.

"또 내 말을 거역한다면, 다음에는 죽음의 마법을 걸 줄 알아라!"

어슐라인이 으르렁거렸다. 요정들은 공포에 질려 입을 다문 채로 어슐라인을 빤히 바라보기만 했다. 감히 아무도 입을 열지 못했다. 연회장 안의 긴장감이 어찌나 짙고 팽팽하게 느껴지던지, 칼로 자르면 툭 잘릴 것만 같았다.

"새로운 왕의 탄생이다! 너희는 이제부터 나를 왕으로 여기도록 하라. **어슐라인 폐하**라고 말이다! 감히 나를 거역하는 요정은 이 성의 지하 감옥에 갇힐 것이다. 내가 직접 설계한 감옥이지!"

어슐라인은 키득키득 웃기 시작하더니, 숨을 헐떡이며 말을 이었다.

"우습구나! 잘나신 귀족들께서 원하는 건 뭐든 가질 수 있다는 거짓말만 믿고 이 섬까지 오다니!"

빅토리아는 문가에 있던 위스클링 요정 둘이 슬그머니 빠져나가려는 걸 보았다. 하지만 그보다 먼저 어슐라인은 지팡이를 휘둘러 그들의 코앞에서 무거운 문을 쾅 닫아 버렸다. 어슐라인이 다시 엄숙한 목소리로 말했다.

"너희의 지팡이는 모두 내 것이다! 꽃송이와 나뭇잎도 마찬가지다. 앞으로는 아무도 이 섬을 빠져나갈 수 없어!"

놀란 위스클링 요정들은 눈을 둥그렇게 뜨고 어슐라인을

바라보았다. 단호한 명령이 이어졌다.

"어서 내놔! 나에게 지팡이를 가져와!"

위스클링 요정들은 차례차례 자리에서 일어나 어슐라인에게 지팡이를 내밀었다. 어슐라인은 모두가 지팡이를 냈는지 꼼꼼하게 세어서 확인했다.

"너희의 꽃송이와 나뭇잎도 가져와. 한 집에서 한 명씩 나가서 집에 있는 식구들의 꽃송이와 나뭇잎, 지팡이를 이곳으로 가지고 오는 거야. 하나라도 빠뜨린다면, 여기서 너희를 얌전히 기다리고 있을 가족과 친구들을 죽여 버리겠다. 그러니 올바른 선택을 하길 바란다."

이윽고 가족 대표가 된 요정들이 하나둘 어두운 바깥으로 나갔다가, 꽃송이와 나뭇잎, 마법 지팡이를 한 아름씩 들고 돌아왔다.

어슐라인은 자신의 옆에 꽃송이와 나뭇잎을 높다랗게 쌓아 두고 서서 말했다.

"앞으로 어떻게 될지 말해 주겠다. 너희가 내 말을 따르고 순종하기만 한다면, 이곳의 삶은 참을 만하고 즐거울 수도 있을 거다! 이제부터 너희는 **에메랄드족**이다. 알겠느냐?"

아무도 대답하지 않았다.

"알겠냐니까?"

겁먹은 위스클링 요정들은 덜덜 떨면서 일제히 고개를 끄덕였다.

어슐라인이 말했다.

"좋아. 이제 다들 집으로 돌아가도 좋다!"

제24장

빅토리아는 위스클링 요정들이 커다란 연회장 문을 나서는 모습을 지켜보았다. 마지막으로 어슐라인이 아기 의자에 앉은 미니를 안아 들고 연회장 밖으로 나갔다. 빅토리아는 미니와 어슐라인을 기다리며 좁디좁은 비밀의 방을 초조하게 거닐었다.

이윽고 비밀의 방에 도착한 어슐라인이 말했다.

"난 지금 미니를 데리고 있어. 그러니 내가 문을 여는 동안 **허튼짓할 생각하지 마.** 지팡이를 바로 쓸 준비가 되어 있거든."

"아무 짓도 안 해."

빅토리아가 약속했다.

잠시 뒤, 자물쇠에 열쇠가 꽂히는 소리가 나더니 문이 열렸다. 미니를 품에 안고 선 어슐라인이 보였다. 빅토리아는 조카를 향해 손을 뻗었지만, 어슐라인은 고개를 저었다.

"감옥에 도착하면 아기를 줄 거야."

복도를 지나 지하 감옥으로 향하는 계단을 다 내려갈 때까지 어슐라인은 빅토리아에게 마법 지팡이를 겨누고 있었다. 지하 감옥에 다다르자, 어슐라인은 빅토리아를 감옥 안으로 밀어 넣은 다음 미니를 들이밀더니, 빠르게 문을 잠갔다.

"됐다!"

어슐라인이 승리감에 뺨을 물들이며 소리쳤다.

빅토리아는 미니를 품에 꼭 안았다. 다시 조카를 안을 수 있어서 너무나 좋았다. 정말 다행이야!

비단결 같이 보드랍고 연한 아기의 분홍색 머리카락 위로 눈물이 방울방울 떨어져 이슬처럼 반짝빛났다. 이 순간만큼은 어슐라인에게 잡혔다는 것도,

미니와 함께 지하 감옥에 갇혔다는 것도 잊을 수 있었다. 미니를 되찾았다는 것만이 중요했다. 미니가 옆에 있어. 무슨 일이 있어도 미니를 안전하게 지켜 줄 거야.

어슐라인은 멍한 눈빛으로 빅토리아를 물끄러미 바라보더니, 마침내 입을 열었다.

"어때? 내가 준비한 쇼는 잘 봤니? 아스트로펠 경이 죽었어. 만족스럽니?"

빅토리아는 고개를 들어 어슐라인을 보았다.

"이제 미니나 셀레스틴이 위협받을 일이 없을 테니 안심이야."

빅토리아가 순순히 인정하자, 어슐라인은 요란하게 웃었다.

"이젠 내가 위스클링 섬의 왕이야! 네가 언제나 꿈꿔 왔던 왕의 삶을 내가 살 거라고! 난 전지전능한 왕이 되었어! 나한테는 《위스클링 서》뿐만 아니라 모든 게 다 있어! 하릴없이 동생과 왕의 자리를 나눠야 했던 **너와는 달라!**"

순간 질투심이 일었다가 순식간에 사라졌다. 물론 옛날 옛적의 자신이었다면 분명 어슐라인을 질투했겠지. 몇 년 전만 하더라도 화려하게 빛나는 왕의 모습에만 관심 있었으니까. 하지만 셀레스틴과 함께 왕이 되어 미니를 키워 보니, 왕이란 빛나는 왕관과 보석을 걸치고 권력을 잡는 것만이 전부가 아니었다.

왕은 공정하고 친절해야 하며, 왕국을 행복하게 유지해야 했다. 셀레스틴은 그런 일을 잘했고, 빅토리아는 위스클링 숲을 다스리는 동생을 지켜보며 감탄하곤 했다. 그래서 위스클링 숲은 안전했다.

빅토리아는 더없이 기뻐하는 어슐라인의 표정을 가만히 바라보며 깨달았다. 셀레스틴이 옆에서 정말 중요한 게 뭔지 알려 주지 않았더라면, 난 어쩌면 어슐라인 같은 왕이 되었겠구나. 어슐라인을 보면 마치 어두운 거울을 보는 기분이었다. 가끔, 정말 아주 가끔은 **그 안으로 빠져들어 갈 것만 같은 어두운 거울** 말이다.

"《위스클링 서》는 어디 있어?"

빅토리아가 속삭여 묻자, 어슐라인이 입꼬리를 올려 커다랗게 웃더니 대답했다.

"숨겨 놨지. 이 성에, 나의 이 찬란한 성에 말이야! 우리 예전처럼 같이 금지된 마법을 부려 볼까? 여기에서 우린 완전히 자유야! 아무도 우릴 막을 수 없다고!"

"우리라고?"

빅토리아는 한 줄기 희망을 품고 물었다. 그러자 어슐라인은 키득키득 웃었다.

"그러니까 나 말이야! 너 설마 내가 네 지팡이를 돌려줄 거라고 생각한 건 아니겠지? 마법은 내가 부릴 테니, 너는 보기나 해."

빅토리아는 《위스클링 서》에 나오는 금지된 마법도, 어슐라인도 이젠 자신과 아무 상관없다는 걸 알았지만, 고개를 끄덕일 수밖에 없었다.

"알았어. 그렇다면 마법으로 음식을 좀 만들어 줄래? 나 아무것도 못 먹었거든."

"그러면 핫초코부터 만들어 볼까? 네가 가장 좋아하는 거잖아!"

빅토리아의 부탁에 어슐라인은 눈을 감고서 집중한 다음 지팡이를 휘저었다. 이윽고 감방 바닥에 초록색 불꽃이 우수수 흩날리더니, 흑백 줄무늬 머그잔에 담긴 핫초코가 나타났다. 핫초코에는 마시멜로 없이 커다란 휘핑크림이 올려져 있었다. 어슐라인은 빅토리아가 마시멜로를 좋아하지 않는다는 걸 기억하고 있었다. 빅토리아는 눈을 반짝이며 머그잔을 집어 들고는 한 모금 마셨다.

"어때?"

어슐라인이 묻자, 빅토리아는 고개를 끄덕였다.

"맛있네. 하지만 마법으로 만든 거라는 건 알겠어. 마법으로 만든 음식은 진짜 음식과 맛이 조금 다르니까."

"적응하도록 해. 이곳에는 마법으로 만든 음식밖에 없어. 진짜 음식을 먹으려면 내가 몸소 뭍으로 나가서 인간 음식을 훔치는 수밖에 없거든. 이제 나 말고는 아무도 이곳을 떠날 수 없으니까. 다른 마법 지팡이와 꽃송이는 주방 아래 지하실에 넣고 잠가 둘 거야. 그러면 절대로 못 찾겠지!"

어슐라인은 키득키득 웃고서 다시 지팡이를 휘둘렀다. 이번에는 구운 치즈 샌드위치가 접시에 담겨 나타났다. 빅토리아는 허겁지겁 샌드위치를 집어 들었다.

"지금 우리를 보면 셀레스틴이 뭐라고 생각할까?"

어슐라인이 거들먹거렸다. 빅토리아는 샌드위치를 조금 찢어 미니에게 먹인 다음 죄책감을 꾹 누르며 대답했다.

"걔는 아무것도 몰라. 네가 우리를 영원히 가둘 테니까!"

어슐라인은 고개를 끄덕였다.

"그건 그렇네. 자, 그럼 또 뭘 원하니? 음식을 더 줄까? 잠자리에 필요한 쿠션을 만들어 줄까?"

빅토리아는 왜 어슐라인이 이토록 잘해 주는 건지 궁금했지만, 지금을 이용하는 게 좋다고 생각했다. 게다가 아무것도 없는 데서 무언가를 만들어 내는 걸 보는 것도 재미있었다.

마법으로 무언가를 만들어 내는 게 얼마나 즐거운 일인지 이 제껏 잊고 있었다. 마치 선물 포장을 뜯는 것처럼 한번 시작하면 영영 멈추고 싶지 않았다!

어슐라인은 20분 동안 만들기 주문을 있는 대로 사용했다. 커다란 별무늬 담요와 침대를 비롯해 빅토리아와 미니가 입을 새 옷과 원목 장난감, 젖병 그리고 빅토리아가 의상 디자인을 할 스케치북과 연필 등 감옥 안을 아늑하게 만들 만한 물건을 잔뜩 만들어 냈다.

마침내 어슐라인이 말했다.

"이 정도면 충분하지? 좀 피곤하네. 가서 쉬어야겠어. 오늘 참 바쁜 하루였어!"

어슐라인은 큰 소리로 웃으며 금빛이 도는 초록색 치맛자락을 휘날리면서 지하 감옥 계단 위로 사라졌다.

다시 빅토리아는 홀로 남겨졌다. 아니, 정확히 말하자면 혼자는 아니었다. 이젠 미니가 있으니까! 섬에 갇히긴 했어도, 미니를 되찾았다고 생각하니 마음만은 폭신폭신한 분홍색 구름 위를 둥둥 떠다니는 것만 같았다.

지하 감옥 바깥에서 바위에 부딪힌 파도가 부서지며 성 위로 소금기 자욱한 물보라를 흩날렸다. 빅토리아는 그 소리를 귀 기울여 들었다.

지하 감옥에서 탈출하더라도 꽃송이가 없으면 이 섬에서 나갈 수 없겠지. 다른 위스클링 요정들도 모두 여기에 갇혀 있는 거야. 이곳을 빠져나가는 유일한 방법은 날아가는 것뿐. 배를 띄워도 바다가 너무 거칠어서 몇 분도 지나지 않아 산산조각이 날 테지.

빅토리아는 나오미를 떠올렸다. 인간의 배라면 거친 파도에도 부서지지 않을 정도로 커다랄 텐데! 하지만 이렇게 춥고 바람이 거세게 부는데……. 나오미에게는 걱정하지 말고 집에 가라고 말해 두었지만 나오미도 나를 걱정하고 있지 않을까?

바깥바람이 점점 거세지고 바다에 폭풍이 불어오는 가운데, 빅토리아는 불안한 마음을 애써 누르며 잠들었다.

제 25장

다음 날, 잠에서 깬 빅토리아는 회색 돌천장을 바라보았다. 춥고 짜증스러웠다.

여기서 탈출해야 해! 미니를 이 회색 돌벽 안에서 키워야한다니 생각만 해도 참을 수가 없었다. 미니가 있어야 할 곳은 여기가 아니야. 셀레스틴 옆이라고!

빅토리아는 몸을 일으켜 침대에 앉았다. 어슐라인이 위스클링 숲 감옥에서 탈출할 수 있었다면 나도 이 지하 감옥에서 탈출할 수 있어!

하지만 어떻게 탈출하지? 빅토리아는 탈출 방법을 생각하며 머리를 굴렸다. 그러다 어제 어슐라인이 마법으로 만들어 준 스케치북이 보였다.

바깥에 있는 위스클링 요정에게 연락해서 탈출을 도와 달라고 설득할 수는 없을까?

하지만 이 섬에 있는 위스클링 요정이라고는 죄다 사파이어회 요정뿐이었다. 지금은 에메랄드족이 된 그들은 빅토리아를 미워했다. 연락이 닿는다 해도, 자신을 도와줄 것 같지 않았다.

빅토리아는 한참 동안 곰곰이 생각했다.

내 정체를 드러낼 필요는 없지 않을까? 에메랄드족 요정들이 구하러 와 준다면, 분명히 밤에나 올 텐데. 후드를 눌러 써서 얼굴을 가리고 미니를 망토에 숨기면 모르지 않을까?

문을 열어 줄 때까지 아무런 정보도 주지 말자. 일단 문이 열리면 어쩔 수 없을 거야! 이제 이 섬에 있는 요정 중에서 지팡이가 있는 요정은 없잖아. 어슐라인이 다 뺏어 갔으니까!

빅토리아는 스케치북과 연필을 가져다가 종이를 한 장 찢어 글을 쓰기 시작했다.

(예전에는 사파이어회였던) 에메랄드족에게

여러분의 도움이 필요해요. 난 어슐라인 때문에 억울하게 감옥에 갇혀 있어요. 여러분이 내 탈출을 도와준다면, 나도 여러분을 어슐라인에게서 벗어나도록 도와줄게요.

날 믿어야 해요. 여러분이 어슐라인의 꾐에 빠져 지팡이와 꽃송이를 뺏기고 위스클링 성에 갇혀 있다는 걸 알아요. 어슐라인은 나도 가두었어요! 난 지금 지하 감옥에 갇혀서 빠져나갈 길이 없어요.

나한테 여러분에게 도움이 될 정보가 있어요. 어슐라인이 여러분의 지팡이와 꽃송이를 어디에 두었는지 알아요. 날 구해 준다면, 지팡이와 꽃송이가 어디 있는지 알려 줄게요. 우리가 지팡이와 꽃송이를 되찾는다면 모두 이곳에서 탈출할 수 있어요.

지금은 내가 누군지 밝힐 수 없어요. 하지만 여러분이 도와준다면, 나도 여러분을 돕겠어요. 약속해요.

감옥에 갇힌 위스클링 요정이

빅토리아는 편지를 미니의 잠옷 속에 숨기고 어슐라인을 기다렸다. 바닥에 앉아 미니와 함께 바퀴 달린 나무 장난감을 이리저리 굴리며 놀다 보니, 바깥에서 날이 밝으며 세상이 다시 움직이는 소리가 들렸다. 갈매기들이 끼룩거리고, 바다는 평소처럼 철썩댔다.

그런데 다른 소리도 들렸다. 바로 누군가의 목소리였다. 가느다란 창문 틈으로 들려오는 위스클링 요정들의 목소리가 상당히 많았다. 성에 점점 가까이 다가오는 요정들은 화나 있었다.

"문을 열어라, 어슐라인! 지팡이를 돌려줘!"

사나운 바람 소리 사이로 앨드리치의 목소리가 들려왔다.

"이게 무슨 짓이지?"

저 높은 곳에서 어슐라인의 목소리가 울렸다. 발코니에 있나? 아니면 위층 창문에서 말하나? 빅토리아는 어슐라인의 목소리가 약간 떨린다는 걸 눈치챘다.

"우리는 지팡이를 돌려받고 싶다, 어슐라인. 꽃송이도 돌려줘. 너는 우리의 것을 가져갈 권리가 없어! 우리가 가만히 있을 것 같으냐!"

앨드리치가 다시 말하자, 어슐라인이 소리쳤다.

"말조심해라. 그리고 **어슐라인 폐하**라고 존대하도록. 너희 지팡이와 꽃송이는 숨겨 놓았어! 또 이런 짓을 벌인다면 모두 바다에 던져 버리겠다!"

그러자 요정들이 아우성치기 시작했다. 분노로 목소리가 점점 높아졌다. 빅토리아는 속이 뒤틀렸다. 무슨 일이 생길 게 분명해.

요정들 속에서 누군가 외쳤다.

"우리가 바랐던 건 이게 아니야! 더는 여기 있고 싶지 않아! 내보내 줘!"

어슐라인이 맞받아쳤다.

"너희는 절대로 여길 떠날 수 없어! 절대로!"

이어서 빅토리아의 귓가에 어슐라인이 비명처럼 지르는 섬뜩한 주문이 들렸다. 어슐라인이 이미 두 번이나 쓴 주문이었다.

"위스키헥사모르티스!"

지독한 연기 냄새가 감옥 안까지 흘러 들어왔다. 누군가 가 통곡하는 소리가 뒤이었다. 앨드리치의 아내인 스펙트레 일리아인 듯했다.

"또 누가 나의 권위에 도전하고 싶은가?"

어슐라인의 목소리가 들려왔다. 대답은 없었다.

"돌아가라! 감히 나에게 또 도전하는 자가 있다면, 똑같은 신세가 될 줄 알아라!"

어슐라인이 고래고래 소리쳤다.

빅토리아는 미니의 귀를 손으로 막고 감방에 앉아 부들부들 떨었다. 가슴이 심하게 뛰었다. 너무 끔찍한 소리였어! 빅토리아는 더욱더 탈출하고픈 결심이 섰다. 끔찍하긴 하지만, 그만큼 에메랄드족 요정들은 필사적으로 어슐라인의 손아귀에서 벗어나려 할 거야. 에메랄드족 요정들이 정체 모를 요정을 믿을 수밖에 없을 정도로 절박해지기를 빅토리아는 바라고 있었다.

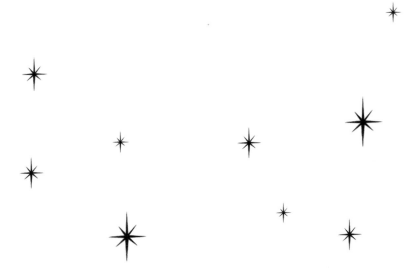

제26장

몇 시간 뒤, 어슐라인은 상당히 언짢아 보이는 모습으로 지하 감옥에 나타났다. 빅토리아에게 준 것도 겨우 미니와 함께 먹을 멀건 죽 두 그릇과 물병 하나, 컵 두 개뿐이었다. 빅토리아는 음식이 담긴 쟁반을 받아 들며 콧잔등을 찌푸렸다.

"오늘도 핫초코를 받을 수 있을까? 크루아상도 하나 주면 고맙겠어."

빅토리아가 묻는 말에 어슐라인은 버럭 소리를 질렀다.

"아니! 안 돼!"

빅토리아는 깜짝 놀라 그만 죽을 반이나 쏟고 말았다. 당황한 표정으로 어슐라인을 쳐다보자, 평소와 달리 비뚜름한 왕관과 흐트러진 머리카락이 보였다.

빅토리아는 조용히 입을 다물고 미니에게 죽을 먹이는 데에만 집중했다. 어슐라인을 화나게 하고 싶지 않았다. 게다가 지금처럼 언짢은 기분의 어슐라인이라면 더더욱 건드려서는 안 됐다.

빅토리아와 미니가 죽을 먹는 동안, 어슐라인은 지하 감옥 바깥을 이리저리 서성였다. 빅토리아는 마음이 상당히 불편해졌다.

"어슐라인, 무슨 일이야? 괜찮아?"

빅토리아의 물음에 어슐라인이 휙 돌아서서 놀랍다는 듯 눈을 휘둥그레 뜨고 빅토리아를 빤히 바라보았다. 심지어 어슐라인의 눈에 작디작은 눈물이 글썽이자, 충격을 받았다.

"너 혹시……."

말문을 연 어슐라인은 재빨리 손바닥으로 눈물을 거칠게 훔치고는 말을 이었다.

"누가 나한테 괜찮냐고 물어본 적도 참 오랜만이네. 언제 그런 질문을 받았는지 기억도 안 나."

그러다 어슐라인은 고개를 젖히고 웃기 시작했다. 빅토리아는 불안한 기분에 몸을 움츠렸다. 갑자기 웃음을 뚝 그친 어슐라인은 공허한 목소리로 소리쳤다.

"당연히 괜찮고말고! 이보다 좋은 적은 없었어! 지금 최고라고! 언제나 바라던 걸 이뤄 냈으니까! 난 **왕**이야!"

어슐라인은 철창살 사이로 머리를 밀어 넣어 빅토리아를 빤히 쳐다보더니 씩 웃으며 말했다.

"곧 다들 날 좋아하게 될 거야."

빅토리아가 딱딱하게 웃었다. 이제 어떡해야 할지 알 수가 없었다. 어슐라인이 무슨 생각을 하는 건지 전혀 모르겠어. 예전보다 더 예측할 수가 없어. 위스클링 숲의 감옥에 갇혀 있는 동안 변한 걸까.

"너 불안하구나? 당연히 그렇겠지! 내가 지팡이를 한 번만 휘둘러도 너나 미니는 죽을 수 있으니까."

어슐라인 말에 빅토리아는 본능적으로 손을 뻗어 미니를 가까이 끌어당겼다.

"우리를 죽일 거니?"

빅토리아가 묻자, 어슐라인은 지팡이 위에 달린 달 모양 에메랄드를 쓰다듬으며 빛을 받은 보석이 은은하게 반짝이는 모습을 바라보기만 했다.

그러다 몇 분 뒤, 드디어 대답이 나왔다.

"아니. 오늘은 이만하면 됐어."

빅토리아는 분명히 보았다. 어슐라인의 눈 속에 티끌만하지만 후회하는 기색이 담겨 있었다. 어슐라인도 자신의 영혼이 한층 더 어두워졌다는 걸 알고 있는 듯했다.

"어쩔 수 없었어. 그 요정들이 먼저 내 성으로 몰려왔다고! 그 요정들은 내 권력을 무시했어! 다시는 그런 일이 있어서는 안 돼."

빅토리아는 고개를 끄덕였다. 지금은 에메랄드족에게 편지를 보낼 때가 아닐지도 몰라. 하지만 다시 생각해 보면, 지금이야말로 딱 좋은 때인지도……. 어슐라인이 혼란스러워하고 있잖아.

빅토리아가 입을 열었다.

"너한테 부탁하고 싶은 게 있어."

"그래? 뭔데?"

어슐라인이 묻자, 빅토리아는 벽에 난 좁다란 창문을 가리키며 말했다.

"여기는 아기가 있을 만한 곳이 아니야. 미니는 햇볕을 거의 쬐지 못했어. 가끔은 밖에 데리고 나가 줘야 해."

어슐라인은 눈을 가늘게 뜨고 빅토리아에게 소리쳤다.

"넌 그 애를 데리고 절대로 밖에 나갈 수 없어!"

"나도 알아. 그래서 네가 하인을 시켜서 하루에 한 시간 정도 미니가 산책을 할 수 있게 해 줬으면 좋겠어. 내가 없는 곳으로 데려가는 건 죽도록 싫지만, 그래도 아기는 신선한 공기를 쐬어야 해. 햇볕을 쬐어야 한다고! 너도 알겠지만 에메랄드족은 미니를 사랑하잖아. 이 애는 순수한 다이아몬드에서 태어난 아기니까. 그러니 네가 그 요정들에게 매일 조금씩 미니를 돌보게 한다면 그 요정들도 너한테 마음을 열 거야. 내가 보기엔 확실해."

어슐라인은 마지못해 대답했다.

"뭐, 그건 사실이긴 하지. 좋아! 버터스카치에게 아이를 데리고 나가라고 할게. 버터스카치는 이제 내 노예거든. 그럼 미니를 이리 줘."

빅토리아는 잠시 망설였다. 이건 아주 위험한 모험이나 마찬가지야. 제발 성공해야 할 텐데.

망설임 끝에 결국 미니를 감옥 문 옆에 놓아두고서 뒤로 물러났다. 어슐라인에게 자신은 도망칠 마음이 없다는 걸 보여 주려는 행동이었다.

어슐라인은 지팡이를 들고서 철창살 너머로 빅토리아를 겨눈 채 문을 열더니 미니를 품에 안았다. 미니는 어슐라인을 조금도 좋아하지 않는 게 분명했다.

"여기 미니의 외출용 잠옷이 있어. 버터스카치한테 밖에 나갈 때 이걸로 갈아입히라고 전해 줘."

빅토리아는 어슐라인에게 더 따뜻하고 포근한 후드 잠옷을 건넸다. 어제 어슐라인이 마법으로 만든 것이었다.

어슐라인은 잠옷을 두 손가락으로 잡아 들었다.

"미니를 다시 데려와 줄 거지? 응?"

빅토리아가 창백해진 얼굴로 물었다.

"아마도."

어슐라인은 대답하고서 씩 웃었다.

제 27장

빅토리아는 어슐라인이 미니를 안고 걸어가는 모습을 보며 피가 나도록 입술을 깨물었다. 조카를 이렇게 다른 이의 손에 넘겨야 한다는 게 너무 싫었다. 진저리가 나도록 싫었다. 하지만 미니랑 같이 성에서 도망쳐야 하는데 다른 수가 또 어디 있겠어? 이 방법뿐이야.

게다가 미니는 에메랄드족과 같이 있는 게 더 안전했다. 순수한 다이아몬드에서 태어난 요정이니까! 에메랄드족은 미니를 우러러보았다. 지금은 어슐라인이 미니를 다시 데리고 와 주기를 간절히 바랄 수밖에 없었다. 어슐라인이 남을 갖고 노는 일을 얼마나 좋아하는지 빅토리아는 아주 잘 알고 있었다.

그 뒤 한 시간 내내 빅토리아는 감옥 안을 이리저리 서성였다. 도무지 가만히 있을 수가 없었다. 시간이 흐를수록 점점 초조해졌다. 내가 대체 무슨 생각으로 미니를 넘겨줬지? 혹시 쪽지를 쓴 게 엄청난 실수였던 건 아닐까? 어슐라인이 내가 쓴 편지를 찾아내면 어떡하지? 그러면 내게 벌을 준다며 다시는 미니를 돌려주지 않을지도 몰라!

끔찍한 상상이 머릿속을 연달아 스쳐 가자, 빅토리아는 완전히 절망하고 말았다. 둥그렇게 몸을 말고 무릎에 머리를 댄 채로 웅크려 앉았다.

그렇게 기다리고, 기다리고, 또 기다렸다.

마침내 돌계단을 내려오는 발소리가 들리더니 어슐라인이 외출용 잠옷을 입은 미니를 옆구리에 끼고 나타났다. 빅토리아는 안도감에 휩싸여 벌떡 일어났다.

"버터스카치랑 나갔다 왔어. 이제 됐니?"

어슐라인 말에 빅토리아는 재빨리 대답했다.

"응!"

빅토리아가 조바심을 내며 발을 동동거리는 동안, 어슐라인은 감방 문을 열고 미니를 안으로 슬쩍 밀어 넣었다. 빅토리아는 허둥지둥 달려가 조카를 꼭 끌어안았다. 미니의 솜털 같이 보드라운 분홍색 머리카락에 빅토리아의 기다란 요정 속눈썹이 엉켜들었다.

"네가 미니를 데리고 오지 않을까 봐 걱정했어. 너한테 아기를 데리고 나가 달라고 했던 걸 후회하던 중이었어."

빅토리아 말에 어슐라인은 장난스러운 눈빛을 번뜩였다. **그 눈빛은 위험하기도 했다.**

"그래, 이제 네 삶은 내 손 안에 있어. 당연히 걱정해야지!"

어슐라인이 씩 웃으며 말했다. 가슴이 불안하게 뛰었다. 그러다 갑자기 어슐라인이 발끈 성을 내며 말했다.

"지금 너랑 잡담할 시간 없어. 처리해야 할 일이 있거든. 에메랄드족이 먹을 게 없다며 불평을 늘어놓고 있어! 이토록 많은 위스클링 요정들의 요구를 일일이 들어주려면 온종일 일해야 해."

어슐라인이 사라지자마자, 빅토리아는 미니의 잠옷을 벗겼다. 뭔가가 데구루루 떨어지자 가슴이 뛰었다.

쪽지야! 쪽지가 있어! 누군가 내 편지를 읽고 답장을 한 거야!

감옥에 갇힌 위스클링 요정에게

우리는 당신의 편지를 받고 무척 놀랐답니다!

지하 감옥에 누군가 갇혀 있을 거라는 생각은 못 했거든요. 우리도 어슐라인 때문에 이 섬에 갇혔어요. 지금은 위스클링 숲을 떠난 우리가 얼마나 어리석었는지 깨닫게 되었습니다.

우리 모두 고향으로 돌아가고 싶어요. 탈출할 수만 있다면 뭐든지 할 수 있어요. 어슐라인이 잠든 틈을 타서 열쇠를 훔쳐다 당신을 구해 드릴게요.

오늘 밤 자정까지 준비하고 있어요!

버터스카치 드림

빅토리아는 손을 덜덜 떨면서 쪽지를 읽었다. 오늘 밤 자정! 요정들이 미니와 나를 구하러 올 거야! 정말 믿을 수가 없어!

남은 시간은 너무나 느리게 흘러갔다. 빅토리아는 바닥에 앉아 미니와 함께 동요를 부르면서도 탈출을 생각했다. 이제는 마음속에 희망이 조금씩 꿈틀댔고, 앞날이 훨씬 밝아 보였다.

드디어 날이 저물기 시작했다. 바깥에 뜬 손톱만 한 달을 구름이 가렸다. 어슐라인은 쟁반을 들고서 지하 감옥으로 내려왔다. 그러고는 자리에 앉아서 복도에 꽂아 둔 촛불에 의지해 빅토리아와 미니가 음식을 먹는 모습을 지켜보았다. 어슐라인은 이제 왕이 되는 게 마냥 좋기만 하진 않다는 걸 깨닫기 시작한 것 같았다.

"맛있어? 그건 마법으로 만든 게 아닌 진짜 음식이야! 뭐, 버터 토스트는 마법으로 만들긴 했지만, 새우는 내가 섬 아래쪽에 있는 바위 웅덩이에서 직접 낚은 거야. 불에 구워서 요리했지. 어때?"

어슐라인 말에 빅토리아는 공손하게 대답했다.

"응, 맛있어."

"새우는 불에 구울 때까지도 살아 있었어."

어슐라인은 싱긋 입꼬리를 올렸다가 이내 새된 비명 같은 웃음을 터뜨렸다. 빅토리아는 속이 메스꺼워져서 접시를 내려놓았다.

"아, 미안! 나 때문에 입맛이 떨어졌니?"

어슐라인의 말에 빅토리아는 힘겹게 미소 지었다.

이윽고 어슐라인이 지하 감옥을 떠났다. 이제는 정말 기다리는 일만 남았다. 가느다란 창문 사이로 드문드문 하늘에 뜬 은빛 별들이 간신히 보였다. 빅토리아는 인간 세계의 평범한 은빛 별이 그저 낯설기만 했다. 시계가 없으니 자정이 언제인지는 알 수 없지만, 조금만 더 기다리면 되지 않을까?

초조하게 바닥을 발로 탁탁 두드리며 미니의 머리를 쓰다듬는 동안, 촛불이 하나둘 꺼져 갔다. 부디…… 제발 우리를 어서 구하러 와 주었으면.

그 순간, 지하 감옥 계단을 서둘러 내려오는 발소리가 들렸다. 빅토리아는 급히 미니를 망토 속에 숨기고는 후드를 푹 눌러 썼다. 이러면 누가 오든 나를 알아볼 수 없겠지. 지금은 사방이 캄캄하니까.

역시 후드를 눌러쓰고 망토를 두른 한 요정이 숨을 헐떡이며 다가왔다. 흥분과 안도감이 확 치솟았다.

"버터스카치?"

목소리를 감추려고 빅토리아가 일부러 목소리를 높여서 속삭였다.

망토를 두른 요정이 감옥 문 앞에 섰다. 빅토리아는 어둠 속에 얼굴을 숨긴 채 상대방을 바라보았다. 망토를 두른 요정도 고개를 푹 숙이고 있었다. 열쇠 꾸러미가 딸랑대는 소리가 들렸다. 자물쇠에 맞는 열쇠를 찾는 중인 것 같았다.

"정말 와 주시다니 믿을 수가 없네요!"

빅토리아가 속삭였다. 하지만 망토를 두른 요정은 아무런 말이 없었다. 그런데 딸랑이는 열쇠 소리가 멎더니, 망토를 두른 요정이 창살 가까이 다가왔다. 그러더니 고개를 홱 들었다.

그 순간, 빅토리아는 온몸이 얼어붙고 말았다.

아무도 우릴 구하러 오지 않았구나. 내가 멍청했어!

망토를 두른 요정은 빅토리아를 구하러 온 게 아니었다. 오히려 다시 가두러 온 게 분명했다.

그 요정은 바로…… 어슐라인이었다.

제28장

어슐라인은 데굴데굴 구르며 웃었다.

"속았지!"

빅토리아는 핑 도는 눈물을 참으며 간신히 입을 열었다.

"어슐라인? 네가 어떻게⋯⋯."

그러자 어슐라인은 짜증을 내기 시작했다.

"넌 날 뭘로 보는 거야? 내가 바보인 줄 알아? 내가 아기 몸에 뭘 숨겨 뒀는지 확인도 안 할 줄 알았어? 네가 쓴 바보 같은 편지야 대번에 찾아냈지. 나도 너만큼이나 머리 쓰는 게임을 좋아한다는 거 알잖아?"

빅토리아는 코를 훌쩍이며 눈썹을 찡그렸다. 어슐라인은 고소하다는 듯 놀려 댔다.

"**네가 여기 있다는 건 아무도 몰라.** 앞으로도 영영 모를 거고. 넌 **나만의 비밀**이니까! 넌 내 장난감이야. 같이 있으면 재미있잖아? 물론 내가 시키는 대로 네가 따라 준다면 말이야!"

빅토리아는 겁에 질린 채 어슐라인을 빤히 바라보았다. 어슐라인이 이어 말했다.

"넌 영원히 여기에서 사는 거야. 그러면 언젠가 다시 친한 친구가 될 수도 있을 거고! 예전처럼! 너도 솔직히 알잖아. 우리는 **특별히 통하는 면**이 있다는 걸."

빅토리아는 솔직히 대답할 자신이 없었다. 어슐라인과는 적이 되었으니까. 그러니 지금 당장은 어슐라인을 화나게 하고 싶지 않았다.

"**하지만······.**"

어슐라인의 어조가 바뀌었다. 빅토리아는 심장이 바닥으로 쿵 떨어지는 것만 같았다.

"넌 날 배신했어. 그러니 벌을 받아야 돼! 일주일 동안 미니를 뺏어 갈 거야. 자꾸 도망치려고 하면 어떻게 되는지 똑똑히 알려 줄게!"

그 순간, 빅토리아가 이제껏 느꼈던 비참함과 자책감이 싹 사라졌다. 대신 미니를 반드시 지켜 내겠다는 결심이 섰다. 그래서 으르렁거리는 소리로 대답했다.

"미니는 절대 못 줘. 미니를 데려가려거든 **날 죽여.** 넌 다시는 미니한테 손 못 대. 어슐라인, 넌 절대로 안 돼!"

그러자 어슐라인의 뺨 위로 분노가 빨갛게 번져 나갔다.

"미니를 이리 내!"

어슐라인이 거칠게 명령하는 소리에 빅토리아는 내뱉듯 대꾸했다.

"싫어!"

그러고는 미니를 세차게 끌어안았다. 그 바람에 미니가 잠에서 깨어 울기 시작했다. 빅토리아는 미니를 품에 꼭 안고서 감옥 구석으로 들어갔다. 어슐라인이 지팡이를 치켜들고 철창살 너머로 빅토리아를 겨누었다.

"난 네가 미니를 줄 수밖에 없도록 만들 수 있어. 널 마비시키면 되니까. 힘이 다 빠진 네 팔을 치우고 애를 데려가면 된다고!"

빅토리아는 어슐라인을 노려보았다. 하지만 여전히 품에서 미니를 놓지 않았다. 어슐라인이 계속 말했다.

"나도 이러고 싶지 않아. 난 너랑 다시 친구가 되고 싶단 말이야. 하지만 네가 이렇게 내 말을 안 들으면 우리가 어떻게 친구가 되겠어?"

"우린 절대 친구가 될 수 없어!"

빅토리아가 사납게 소리쳤다. 어슐라인은 잠시 충격받은 표정을 지었다. 상처받은 기색이 스쳤다.

"그렇다면야!"

어슐라인은 차갑게 쏘아붙인 뒤에 주문을 외우려고 입을 뗐다. 빅토리아는 공포에 질려서 눈을 커다랗게 뜨고 소리쳤다.

"잠깐!"

"뭐야?"

빅토리아는 숨도 제대로 쉬지 못한 채로 눈을 몇 번 깜빡이더니 간신히 입을 뗐다.

"그래, 어쩌면 우리는 다시 친구가 될 수 있을지도 몰라. 어쩌면."

어슐라인은 무슨 소리냐는 듯 눈썹을 치켜올렸다. 빅토리아가 다시 감방 문으로 다가가 말했다.

"다만…… 부디 미니를 데려가지 말아 줘. 그 애를 내가 데리고 있게 해 준다면, 너의 친구가 되도록 노력할게! 우리 예전처럼 돌아가 보자. 우리 둘이 이 세상에 맞서는 거야. **어둡게 반짝이는 나쁜 요정**으로 살자."

어슐라인은 지팡이를 든 손을 내렸다.

"이렇게 갑자기 마음을 바꾼다고? 못 믿겠는데."

빅토리아는 눈을 내리깔았다. 기다란 속눈썹 위로 청회색 반짝이가 번뜩였다. 이윽고 속삭임이 흘러나왔다.

"거짓말 아니야. 솔직히 말할게, 어슐라인. 난 이제껏 널 질투했어. 넌 똑똑하고 뭐든 해내니까. 난 늘 네가 세운 이런 성을 짓고 살고 싶었어. 정말 아름다워. 으스스하고 어두운 성이야. 네가 이걸 어떻게 다 이루어 냈는지 그저 우러러볼 뿐이야."

어슐라인은 미소를 지었다. 빅토리아가 한 칭찬에 마음이 풀렸다는 게 보였다.

"그래. **난 똑똑하지.**"

어슐라인이 고개를 끄덕이더니, 잠시 말이 없었다. 그러고는 눈을 번뜩이면서 말을 이었다.

"그래서 아직도 널 못 믿겠어!"

빅토리아는 고개를 들고 어슐라인의 눈을 똑바로 바라보았다.

"그러면 일주일 동안 미니를 데리고 있게 해 줄게. 내가 한 말이 진짜라는 걸 증명하기 위해서 말이야. 내가 진심이라는 걸 보여 줄게."

어슐라인은 허를 찔린 표정이 되었다. 갑자기 일주일 동안 미니를 돌봐야 한다고 생각하니 달갑지 않은 것 같았다.

"뭐…… 그러면 지금 데려가겠어!"

어슐라인은 버럭 소리를 질렀다. 그러고는 열쇠를 더듬어 찾더니 자물쇠를 열고 문을 밀어젖혔다. 그러는 동안에도 지팡이로 빅토리아를 내내 겨누었다. 빅토리아는 미니를 안고서 그 모습을 지켜보았다.

"금방 또 보게 될 거야."

빅토리아는 미니의 머리에 입을 맞추며 속삭인 다음,

어슐라인을 바라보았다.

"미니를 잘 돌봐 주실 거죠, **어슐라인 폐하?**"

어슐라인은 폐하라는 말에 만족스러운 듯 커다랗게 미소
지었다.

빅토리아가 미니를 건네자, 어슐라인이 손을 뻗어 미니를
안았다. 그 손길이 빅토리아의 손을 스치고 지나갔다. 두 요
정은 아주 바짝 다가섰고, 양쪽 다 더듬이에서 불꽃을 뿜어
냈다.

왕이 된 요정들, 나쁜 요정들의 불꽃이 번뜩였다. 빅토리
아는 느낄 수 있었다. 그건 마치 전기 같았다. 분
명 어슐라인도 이걸 느끼고 있겠지.

어슐라인이 미니를
완전히 안아 들었다.

그 순간, 어슐라인
의 집중력이 아주 잠깐
흐트러졌고…… 빅토
리아는 그 기회를 놓
치지 않았다.

제29장

번개처럼 빠르게 팔을 내민 빅토리아는 어슐라인의 지팡이를 낚아챘다. 느닷없이 공격당한 어슐라인은 심하게 놀라 잠시 멍해 있다가, 미니를 바닥에 내던지고는 앞으로 달려들었다. 빅토리아는 잽싸게 피하면서 두 팔을 뻗어 미니를 받았다. 그러면서도 어슐라인의 지팡이를 단단히 잡았다.

"이리 내!"

어슐라인은 빅토리아의 위로 뛰어올라서 머리카락을 잡아당겼다. 그러고는 지팡이를 뺏으려고 사납게 달려들었다. 어슐라인의 날카로운 손톱에 빅토리아의 팔에 긴 상처가 났다. 무척 쓰라렸지만 빅토리아는 이를 악물고 참으며 뼈마디가 아프도록 있는 힘껏 지팡이를 부여 잡았다.

"후회하게 될 거야."

어슐라인은 두 손으로 빅토리아의 목을 조르며 쇳소리를 냈다. 하지만 빅토리아는 어마어마한 힘으로 몸을 일으키며 옆으로 굴러 어슐라인을 밀쳤다. 그 바람에 목을 조르던 손아귀 힘이 느슨해져, 빅토리아는 그 손에서 빠져나올 수 있었다.

빅토리아는 어슐라인에게 다시 잡히기 전에 무릎으로 어슐라인의 배를 힘껏 찼다. 분노와 타오르는 좌절감이 한껏 실린 강력한 발차기였다. 어슐라인은 숨을 컥 들이쉬며 뒤로 쓰러졌다.

그 기회를 놓치지 않고 얼른 미니를 들어 올린 빅토리아가 감옥 밖으로 뛰어나가 문을 쾅 닫아 잠갔다. 열쇠 꾸러미는 주머니에 넣었다. 어슐라인은 여전히 바닥에 누워 있었지만, 표정만큼은 분노에 차 있었다.

빅토리아는 어슐라인을 노려보았다. 증오와 동정심이 마음속에서 울렁거렸다. 하지만 이내 몸을 돌려 지하 감옥 위로 올라갔다. 그러고는 미니와 함께 어두운 성 안을 무작정 달려 나갔다. 최대한 어슐라인과 멀어지고 싶었다.

드디어 성문을 열고 차갑고 어두운 바깥으로 뛰어들자 짭조름한 공기가 느껴졌다. 머리 위로 펼쳐진 검은 하늘에는 은빛 별들이 흩어진 가운데 종이처럼 새하얀 달이 떴다. 세차게 불던 바람은 마침내 잦아들었고, 섬 주변의 바다는 으스스할 정도로 잔잔했다. 빅토리아는 몸을 부르르 떨며 미니를 꼭 끌어안았다. 이제 어쩌지? 어서 지팡이와 꽃송이를 되찾아야 해!

지팡이를 생각하자 온몸에 새로운 힘이 솟구쳤다. 물론 성으로 돌아가고 싶지는 않았지만, 이곳에서 빠져나가려면 어쩔 수가 없었다. 어슐라인은 지금 지하 감옥에 갇혀 있잖아. 혼자서는 탈출할 수 없을 거야!

빅토리아는 다시 성으로 들어가 불안한 마음으로 어둑어둑한 복도를 걸어 다니며 주방을 찾았다. 마침내 주방을 찾아낸 빅토리아는 바닥에서 지하실로 통하는 문을 발견했다. 문은 당연히 잠겨 있었다.

어슐라인이라면 열쇠를 어디에 두었을까? 그러다 어슐라인에게 빼앗은 열쇠 꾸러미를 떠올렸다. 빅토리아는 잠금장치에 열쇠를 하나씩 꽂았다. 차례차례 꽂다 보니 드디어 달각하며 열쇠가 돌아가는 소리가 났다. 됐다! 잠겨 있던 문이 열렸다.

빅토리아는 거치대에서 야광 크리스털을 꺼냈다. 그리고 크리스털 불빛을 비추며 지하실 계단에 발을 디뎠다. 벽에 어른거리는 초록색 불빛에 의지해 서둘러 계단을 내려가자 마침내 바닥에 다다랐다. 빅토리아는 기쁜 마음에 숨을 몰아쉬며 야광 크리스털을 앞으로 내밀었다.

눈앞이 반짝거렸다. 휘황찬란한 빛이 어찌나 눈부시던지! 지팡이들은 모두 여기 있었다. 그것도 산더미만큼! 루비와 에메랄드, 사파이어와 오팔, 틴젤라이트와 자수정, 황수정 등 온갖 보석으로 만든 지팡이들이었다.

빅토리아는 미니를 내려놓고 자신의 다이아몬드 지팡이를 찾았다. 분명 여기 어딘가 있을 거야! 아름다운 마법 지팡이 더미를 손으로 헤치자 보석들이 서로 부딪혔다.

마침내 지팡이를 찾았다. 반짝이는 별 모양 다이아몬드 가운데를 아주 가느다란 줄무늬가 가로지르는 나의 지팡이! 빅토리아는 의기양양하게 지팡이를 낚아챘다. 가슴속에서 기쁨이 폭죽처럼 팡팡 터졌다. 이어서 방 안을 둘러보며 꽃송이를 찾았다. 지하실 벽에 쭉 기대 세워 놓은 꽃송이들이 한 아름 보였다. 나뭇잎도 아주 많았다.

저깄다! 빅토리아는 자신의 꽃송이를 얼른 잡았다. 무척 아끼는 진분홍색 장미 꽃송이였다. 빅토리아가 신나게 소리쳤다.

"미니! 우린 이제 자유야!"

제30장

빅토리아는 급히 지하 계단을 올라가 문을 단단히 잠갔다. 그러고는 미니를 안아 들고서 꽃송이와 지팡이, 어슐라인의 지팡이까지 챙겨 차가운 바깥으로 달려 나갔다.

《위스클링 서》는 어떡하지?

막 꽃송이를 타고 하늘로 날아가려던 빅토리아 머릿속에 퍼뜩 생각이 스쳤다. 사방이 조용하고 어두웠다. 에메랄드족은 모두 집에 있고, 어슐라인은 지하 감옥에 갇혔다. 빅토리아는 꽃송이와 지팡이를 되찾은 데다, 어슐라인의 지팡이까지 갖고 있었다.

이제 난 안전해. 게다가 강력한 힘도 있어. 지금은 내가 위스클링 섬의 왕이나 다름없다고.

아직 《위스클링 서》를 찾으러 갈 시간이 있었다. 다시 성으로 돌아가는 빅토리아의 손끝이 따끔거렸다. 빅토리아에게는 《위스클링 서》를 다시 숲으로 가져가야 할 의무가 있었다. 그런데 그 책을 다시 손에 넣는다고 생각하니 온몸에 기분 좋은 전류가 오싹 감돌았다. 어슐라인은 《위스클링 서》를 어디에 숨겨 두었을까. 지하실에는 없었어. 아니, 어슐라인이라면 그 책을 분명 가까이 두었을 거야.

빅토리아는 급히 계단을 올라가 어슐라인의 방을 찾아냈다. 자그마한 초록색 물약병이 있는 욕실이 방과 붙어 있었다. 빅토리아는 수납장은 물론이고 구석구석 어수선한 흔적을 남기며 빠짐없이 방을 뒤졌다.

"대체 어디 있을까?"

빅토리아가 하릴없이 미니에게 물었다. 미니는 옹알거리면서 바닥에 널린 어슐라인의 향수를 바닥에 쏟았다. 빅토리아는 옷장을 열어 옷 안주머니까지 샅샅이 뒤졌다.

그러다 찾아낸 기다란 초록색 털 망토를 몸에 걸쳤다. 너무 추웠는데 다행이야! 하지만 옷장 안에도 《위스클링 서》는 없었다.

결국 빅토리아는 책을 포기하기로 했다. 더 꾸물거렸다간 위험했다. 에메랄드족에게 들키기 전에 이 섬을 떠나고 싶었다. 미니를 데려가려는 걸 들키면 어떻게 될지 알 수 없었으니까. 이제 와서 자신의 정체를 알리는 위험을 무릅쓸 필요는 없었다. 지금은 더욱이 그럴 필요 없지!

"미니,《위스클링 서》를 찾을 수 없을 것 같아. 정말 꼭꼭 숨겨 놓았나 봐. 이제 위스클링 숲으로 돌아가자. 나머지 일은 경찰에게 맡겨야겠어!"

빅토리아의 목소리에 아쉬움이 뚝뚝 묻어났다. 빅토리아는 미니를 안아 들어 어슐라인의 두툼한 목도리로 가슴에 꼭 묶었다. 그러고는 기다란 초록색 털 망토를 입은 채 꽃송이를 들었다. 돌계단을 살금살금 내려가 묵직한 성문을 밀고 밖으로 나가자 얼음처럼 차가운 바깥 공기가 얼굴에 훅 스쳤다. 빅토리아는 섬 가장자리로 갈수록 초록색 털 망토를 단단히 여몄다. 정말 춥구나!

잠시 가만히 서서 바라보니, 달빛을 받은 바다가 은빛으로 물들어 있었다. 수평선 위로 인간들이 탄 배 몇 척이 보였다. 저 멀리 자그마한 노란 불빛이 어지러이 춤을 추었다.

"폐하? 어슐라인 폐하신가요?"

들려오는 목소리에 깜짝 놀란 빅토리아가 고개를 돌렸다.

버터스카치가 그곳에 서 있었다. 달빛 어린 어둠 속에서 버터스카치의 캐러멜색 곱슬머리가 얼굴 위로 휘날렸다. 그런데 버터스카치가 갑자기 무릎을 꿇으며 소리쳤다.

"**빅토리아 폐하!** 저희를 구하러 오셨군요!"

빅토리아는 버터스카치를 노려보았다. 분노가 치밀어 올랐다. 트위스티 가게에서 본 버터스카치는 유쾌해 보였지만, 증오를 숨기지 않던 교활한 요정이었다. 그리고 다른 사파이어회 요정들과 마찬가지로 미니를 납치해서 위스클링 섬에 영원히 가두려는 음모를 꾸몄잖아!

"어슐라인에게서 저희를 구하러 오셨나요? 어슐라인은 폐하가 여기 오신 걸 알고 있나요?"

버터스카치가 떨리는 목소리로 물었다. 빅토리아는 냉정하게 대답했다.

"어슐라인은 가둬 두었어. 지금 지하 감옥에 있지."

"지하 감옥이라고요?"

버터스카치가 새된 소리를 질렀다. 안도감도 잠시, 이내 버터스카치가 교활하게 입을 놀리기 시작했다.

"폐하는 여기가 어떤지 모르실 거예요. 우린 갇혀 있답니다! 어슐라인이 우리 모두를 속였어요! 그래서 빅토리아 폐하와 셀레스틴 폐하로부터 등을 돌리게 했죠. 게다가 어슐라

인은 아스트로펠 경과 캘릭스와 앨드리치도 죽였어요. 우리를 이곳, 위스클링 섬에 억지로 끌고 왔어요. 우리는 이곳에 오고 싶지 않았다고요!"

빅토리아는 눈을 가늘게 뜨고 버터스카치를 바라보며, 지팡이를 더욱 세차게 움켜쥐었다. 빅토리아는 이 약삭빠른 요정을 조금도 믿지 않았다.

"그런데 우리가 여기 있는 건 어떻게 아셨어요?"

버터스카치의 물음에 빅토리아는 일부러 말을 돌렸다.

"나는 미니를 구하러 왔어."

"아…… 미니 공주님……."

버터스카치가 말꼬리를 흐렸다. 빅토리아는 떨리는 목소리에서 죄책감을 감지했다. 버터스카치는 뺨을 새빨갛게 물들인 채로 눈길을 떨구었다. 더듬이에서는 금빛 불꽃이 반짝였다. 하지만 재빨리 말을 돌리며 외쳤다.

"정말 끔찍했어요! 어슐라인은 우리에게 이래라저래라 강요했다고요! 정말 나쁜 요정이에요! 게다가 저를 노예로 삼았어요! 폐하, 제 말을 믿으시죠? 이건 제 잘못이 아니에요!"

빅토리아는 그저 한쪽 눈썹을 치켜올렸다.

버터스카치는 파르르 떨더니, 기어드는 목소리로 물었다.

"숲으로 돌아가면 우린 감옥에 가나요?"

"난······. 모르겠구나. 어쩌면······ 그렇겠지."

사실 거기까지 생각해 보지 않았다. 머릿속에 과거의 장면들이 소용돌이쳤다. 빅토리아야말로 범죄를 저질렀었다. 음흉한 계획에 휩쓸리기도 했다. 무엇보다 《위스클링 서》에 있는 금지된 마법을 사용했다! 심지어 인간에게 모습을 드러내기도 했다!

그렇지만······ 아이를 납치하는 계획 같은 건 세운 적 없어! 에메랄드족이 자유롭게 다닌다면 무슨 일이 벌어질지 누가 알까? 미니를 생각해야 했다. 또 위스클링 숲과 그곳에서 살아가는 위스클링 요정들도 생각해야 했다.

버터스카치는 손에 얼굴을 파묻고 흐느꼈다.

"전 이 일을 전부 **억지로** 할 수밖에 없었다고요!"

빅토리아는 버터스카치의 말을 믿지 않았고 여전히 화도 났지만, 한편으로는 버터스카치가 안쓰러워졌다. 버터스카치가 거짓말을 한다는 걸 아는데도 말이다. 나쁜 짓을 하고 옴짝달싹할 수 없게 되는 기분은 내가 가장 잘 알지.

"난 이제 위스클링 숲으로 돌아갈 거야."

빅토리아가 꽃송이에 올라타며 말했다. 그러자 버터스카치가 필사적으로 소리쳤다.

"안 됩니다! 잠깐만요, 폐하! 그다음에는 어찌시려고요?

경찰을 데려오실 건가요?"

빅토리아는 고개를 끄덕였다.

"그래, 그래야겠지.《위스클링 서》를 찾아야 하니까. 그 책
에는 아주 중요하고 희귀한 주문도 있고, 금지된 마법 주문
까지 모두 적혀 있어. 비상시에 필요한 마법들이지! **위스클
링의 역사**이니까 잃어버리면 안 돼."

버터스카치가 대뜸 말했다.

"어슐라인이 그 책을 어디에 두었는지 제가 알아요. 도와
드릴게요! **폐하를 돕게 해 주세요!**"

"네가 안다고?"

빅토리아는 믿을 수 없다는 듯 되물었다. 버터스카치가
고개를 끄덕였다.

"네! 정말이에요! 전 어슐라인의 노예였잖아요? 그래서 성
을 죄다 청소해야 했다고요. 어슐라인의 침실이랑 드레스 룸
까지 전부 제가 청소했어요! 보세요, 청소하다 이렇게 물집도
생겼어요."

버터스카치는 두 손을 내밀며 계속 말했다.

"어슐라인이 책을 어디에다 숨기는지 제가 봤어요. 제가
본 걸 어슐라인은 모르겠지만, **분명히 봤다고요!**"

"그러면 당장 앞장서!"

빅토리아는 어쩔 수 없이 버터스카치에게 명령했다. 마음속에서는 어서 도망쳐야 한다고 경고가 울렸다. 알고 있었다. 당장 이 섬을 떠나는 게 가장 안전하다는 걸. 미니를 어서 셀레스틴에게 데려다줘야 한다는 걸. 그리고 나중에 경찰 요정들과 같이 오면 되는 일이었다. 버터스카치는 믿을 수 없는 요정이니까.

하지만…… 만약 버터스카치의 말이 진실이라면, **지금 당장 손에 넣을 수 있어!** 그 감미로운 힘을 다시 느낄 수 있다고! 어쩌면 옛 추억을 떠올리며 잠깐 훑어볼 수도 있지 않을까? 그런 다음에 위스클링 숲으로 가지고 가자.

빅토리아는 어떻게든 《위스클링 서》를 다시 손에 넣고 싶었다. 게다가 지금 나는 안전하잖아? 지팡이랑 꽃송이도 갖고 있으니까! 언제든 꽃송이를 타고 탈출하면 돼! 게다가 《위스클링 서》가 어디 있는지 버터스카치가 알고 있다면, 그걸 두고 가는 건 좋은 생각이 아닐지도 몰라. 에메랄드족이 그 책을 갖게 된다면 무슨 짓을 할지 누가 알겠어?

빅토리아는 버터스카치의 등에 지팡이를 겨눈 채 성으로 돌아왔다. 큰 걱정은 들지 않았다. 자신이 버터스카치보다 몸집이 컸고, 무기도 있었다. 싸워야 한다면 얼마든지 때려눕힐 수 있을 거야.

버터스카치는 빅토리아를 2층에 있는 어슐라인의 방으로 안내했다.

"어슐라인은 항상 이 방에 있었어요. 문을 잠가 두고요. 한번은 뭘 하는지 열쇠 구멍으로 안을 들여다봤죠! 그때 책을 숨기는 모습을 봤어요. 그래서 어디에 책을 숨겼는지 알아요!"

빅토리아는 눈살을 찌푸렸다.

"난 이미 어슐라인의 방을 다 뒤져 봤어."

"아직 안 보신 데가 있어요."

버터스카치가 대답하고는 침대 옆에 놓인 초록색 깔개를 발로 걷어찼다. 그 아래에는 나무판이 깔려 있었다. 버터스카치는 무릎을 꿇고 판을 떼어 내더니 의기양양하게 외쳤다.

"여기예요!"

빅토리아는 숨이 턱 막혔다. 어슐라인의 탄생석인 에메랄드 조각들이 초록색 빛으로 반짝이는 가운데《위스클링 서》가 놓여 있었다. 빅토리아는 꽃송이와 지팡이를 모두 내려놓고 무릎을 꿇었다. 그런 다음 손을 뻗어 묵직한 책을 집어 들었다. 표지에 박힌 온갖 빛깔의 보석이 빅토리아에게 눈짓하는 것만 같았다.

빅토리아의 심장이 두근거렸다. 더듬이에서 분홍색과 초록색이 섞인 은빛 불꽃이 뿜어져 나왔다. 어서 책장을 열고 싶어서 손가락이 근질근질했다.

"미니, 이것 봐!"

빅토리아가 속삭여 불렀지만, 미니는 보드랍고 작은 머리를 빅토리아 가슴에 기댄 채 잠들어 있었다.

빅토리아는 새끼손가락을 들고 아주 조심스럽게 표지를 넘겨 보려고 했다. 그 순간, 문득 머리가 맑아지면서 손이 멈췄다.

지금 뭐 하는 거지? 《위스클링 서》는 아무도 봐서는 안 돼. 아무도! 《위스클링 서》는 **문제를 일으키는 책**이야.

빅토리아는 숨을 가쁘게 몰아쉬며 표지를 덮었다. 유혹에 넘어가서는 안 돼. **마법은 권력이야.** 하지만 권력은 부패하기 쉬워. 난 어슐라인처럼 어둠에 물들고 싶지 않아.

사실 마음 한 구석으로는 아주 조금 그러고 싶기도 했다. 하지만 그러지 않을 거야. 그러면 안 돼!

그때, 문이 닫히는 소리가 났다. 빅토리아는 정신을 차리고 고개를 홱 돌렸다.

버터스카치가 온데간데없이 사라져 있었다!

이어서 잠금장치가 잠기는 소리가 들렸다. 지팡이를 향해 손을 뻗은 빅토리아의 얼굴이 창백해졌다. 지팡이가 없어! 꽃송이도! 《위스클링 서》에 정신이 팔린 나머지, 잠시 여기가 어딘지 잊고 말았다. 눈앞에서 번뜩이는 찬란한 책에 마음을 빼앗겨버렸어!

"버터스카치! 문 열어! 내 꽃송이를 돌려줘!"

빅토리아가 벌떡 일어서서 문을 향해 소리쳤다.

"잠시 거기 계셔야겠어요, 폐하! 폐하가 위스클링 숲에 가게 둘 수는 없거든요! 저는 다른 요정들에게 폐하도 이 섬에 오셨다고 전하러 갈게요. 곧 돌아올 테니 여기서 잠시만 기다리세요!"

버터스카치의 흥겨운 목소리와 발소리가 멀어져 갔다. 빅토리아는 창문으로 다가가 버터스카치가 어두운 바위 사이에 자리 잡은 집들을 향해 달려가는 모습을 보았다. 꽃송이와 지팡이 없이는 탈출할 길이 없었다. 뛰어내리기에는 너무 높은 데다 미니까지 데리고 있었으니까. 아기를 데리고 위험을 감수할 수는 없었다.

빅토리아는 씩씩대며 벽을 세게 걷어찼다. **난 어쩜 이렇게 멍청하지?** 《위스클링 서》 때문에 항상 일이 꼬이잖아.

빅토리아는 방 안을 이리저리 서성였다. 너무나 두려웠다. 에메랄드족들은 지팡이나 꽃송이가 없지만, 수가 너무 많아. 마음만 먹는다면 아주 쉽게 날 제압하겠지. 하지만 빅토리아는 방어할 만한 게 없었다.

그자들은 《위스클링 서》를 가져갈 거야. 미니도! **그렇게 둘 수는 없어!**

버터스카치가 다른 에메랄드족 요정들을 데리고 오기 전에 어떻게든 성을 빠져나가야 했다. 밧줄이 필요해! 아래로 내려갈 무언가가 필요했다. 빅토리아는 급히 방을 둘러보며 뭐라도 제발 쓸 만한 게 있나 찾아 보았다.

"침대 시트를 써 보자."

빅토리아가 중얼거리며 침대에서 시트를 걷어 냈다. 그러고는 어슐라인의 화장대에서 찾아낸 손톱용 가위로 시트를 찢었다. 시트 조각을 묶어 밧줄로 만드는 내내 손이 덜덜 떨렸다. 시간이 얼마 없었다.

이윽고 바깥에서 웅성거리는 목소리가 들려왔다.

심장이 바닥까지 쿵 떨어지는 기분이었다. 창문으로 달려가 바깥을 내다본 빅토리아는 얼굴이 새하얗게 질리고 말왔다. 성 아래쪽에 에메랄드족 요정들이 모여 있었다. 고요하고 어둠만이 가득한 가운데 요정들이 든 횃불 불꽃만이 일렁였다. 그 뒤로 성으로 다가오는 에메랄드족 요정들은 더 많았다. 바위를 둘러 구불구불 난 길을 따라 요정들의 횃불이 흔들거렸다.

빅토리아는 창문을 활짝 열고 에메랄드족 요정들을 노려보았다. 그러자 버터스카치가 신난 목소리로 창문을 가리켰다.

"저기 봐요! 내가 잡았다고 했잖아요! 내가 빅토리아 스티치를 잡았다고요! 어슐라인은 지하 감옥에 있어요! 그러니 내가 위스클링 섬의 왕이 되어야 해!"

버터스카치가 소리치자, 스펙트레일리아가 꾸짖었다.

"닥쳐라, 버터스카치. 우리가 모시게 될 왕은 오로지 순수한 다이아몬드에서 태어난 위스클링 요정이어야 해. 우리의 왕은 미니 공주님이야. 아스트로펠 경께서도 그러길 바라셨을 거다."

버터스카치는 부루퉁한 표정을 지었다.

"빅토리아 스티치! 미니 공주님을 넘기면 목숨은 살려 주겠다!"

누군가가 소리쳤다. 플린트 같았다.

"물론 지하 감옥에서 살아야 하겠지만 말이야."

다른 요정이 비아냥거렸다.

"절대로 줄 수 없어! 미니는 나랑 있을 거야!"

빅토리아는 소리친 다음, 미니를 꼭 끌어안았다.

"평생 거기 숨어 있을 수는 없어, 빅토리아 스티치!"

플린트가 고함을 지르자, 빅토리아가 맞받아쳤다.

"나한테는 《위스클링 서》가 있다는 걸 잊지 마."

에메랄드족 요정들이 수군거렸다. 빅토리아에게 《위스클링 서》가 있다는 걸 미처 생각하지 못한 모양이었다. 하지만 곧 플린트가 권위적인 목소리로 말했다.

"순순히 《위스클링 서》를 우리에게 주는 게 좋을 거다. 미니 공주님도 마찬가지다. 주지 않는다면 우리가 직접 올라가서 억지로 빼앗는 수밖에! 우린 수가 아주 많지만 넌 혼자잖아! 우리는 위스클링 섬을 원래대로 돌려놔야 한다. 아스트로펠 경이 우리를 위해서 계획하셨던 **낙원**으로 말이야."

"아스트로펠 경의 뜻대로!"

모인 요정들은 횃불을 들어 올리며 환호했다.

"위스클링 숲의 가장 위대한 지도자를 위해서!"

누군가가 씁쓸하게 소리쳤다. 플린트는 이어서 대답했다.

"우리는 그분의 뜻을 기려야 한다."

빅토리아는 눈을 깜빡였다. 시시각각 불어나는 에메랄드

족 요정들을 보자 당황스러웠다. 지금까지는 곤란한 상황에서도 그럭저럭 빠져나갔던 적이 많았다. 하지만 지금은 어떻게 빠져나가야 할지 아무리 고민해 봐도 뾰족한 수가 생각나지 않았다.

"너희는 왜 그토록 나를 미워하지?"

빅토리아 입에서 저도 모르게 불쑥 질문이 튀어나왔다. 이런 말을 할 생각은 아니었는데. 빅토리아는 자신에게 짜증이 났다. 약한 모습은 절대로 보이고 싶지 않았으니까.

성 아래 모인 에메랄드족 요정들은 충격을 받은 듯 침묵했다. 하지만 그도 잠시, 다들 동시에 소리치기 시작했다.

"귀족 회의가 해산되어서 권력을 잃었어!"

"지위를 잃었어!"

"빅토리아 스티치와 셀레스틴이 태어난 탄생석은 순수한 다이아몬드가 아니었으니 왕위에 올라서는 안 돼!"

"게다가 넌 인간에게 모습을 드러냈잖아!"

어떤 요정이 소리쳤다.

"규칙을 어기고 금지된 마법을 썼잖아!"

또 어떤 요정이 소리쳤다.

"우린 널 못 믿어! 널 신뢰하지 않는다고! **넌 왕이 될 자격이 없어!**"

빅토리아는 어안이 벙벙해졌다. 자신에게 쏟아지는 분노와 좌절감에 짓눌릴 지경이었다. 게다가 요정들이 말한 건 모두 사실이었다. 인간에게 모습을 드러내 위스클링 숲을 위험에 빠뜨리고 《위스클링 서》를 사용했다. 규칙을 어겼으니 정말로 왕이 될 자격이 없었다.

빅토리아는 항복의 뜻으로 두 손을 올리고서 외쳤다.

"너희 말이 맞아! 하지만 난 더 나아지려고 노력하고 있어."

진심이었다. 빅토리아는 이제껏 저지른 잘못이 후회스러웠다. 위스클링 요정들을 불안하게 만든 것도, 《위스클링 서》에 적힌 금지된 마법을 함부로 마구 쓴 것도 미안했다. 그래서 더 나은 요정이 되려고 노력하고 있었다. 셀레스틴과 함께 왕이 된 뒤에는 문제를 일으킨 적도 없었다.

잠시 에메랄드족 요정들 사이에 침묵이 흘렀다.

"그걸로는 부족해!"

플린트가 버럭 소리쳤다. 빅토리아도 이걸로는 부족하다는 걸 이미 알고 있었다.

"우리가 그런 말에 순순히 멈추려고 여기까지 온 줄 알아? 게다가 우린 감옥에 가는 것도 바라지 않아. 미니 공주님과 《위스클링 서》를 당장 내놔."

"싫어!"

빅토리아는 주먹을 꽉 쥐고 소리쳤다. 창문에서 벗어난 빅토리아는 바닥에 앉아 벽에 등을 기댔다.

이제 어떡하지?

바깥에서 시끄럽게 외치는 소리가 이어지더니, 묵직하고 커다란 성문이 열리는 소리가 연달아 들렸다. 온 성안에 발소리가 울려 대자 빅토리아는 미니를 꽉 껴안았다. 에메랄드족 요정들이 이 방으로 몰려오고 있어.

이윽고 문을 두드리는 소리와 함께 플린트가 외쳤다.

"지금이 마지막 기회다! 미니 공주님과 《위스클링 서》를 내놓아라. 그렇지 않으면……."

플린트가 말끝을 흐렸다. 빅토리아는 몸이 덜덜 떨렸다.

"나한테 열쇠가 있어요."

버터스카치의 목소리도 들렸다.

열쇠가 거칠게 돌아가는 소리가 나더니 갑자기 문이 확 열리면서 에메랄드족 요정들이 우르르 들어왔다. 햇불을 높이 치켜든 요정들은 화가 나 있었다.

빅토리아는 미니를 꽉 안은 채 으르렁거렸다.

"미니를 데려가려거든 날 죽여야 할 거야!"

그 순간, 환한 불빛이 창문을 통해 방 안에 밀려 들어오며 모두의 얼굴을 밝혔다. 에메랄드족 요정들은 모두 얼어붙었다. 아주 잠깐, 빅토리아는 밖에 남은 에메랄드족 요정들이 불을 지른 거라고 생각했다.

"저게 뭐지?"

플린트의 물음에 이어 바깥에서 비명이 들렸다.

"무슨 일이야?"

버터스카치가 창백한 얼굴로 물었다.

빅토리아는 벌떡 일어나 창밖을 바라보았다. 반짝이는 빛에 가슴이 마구 뛰었다.

인간이다!

제 31 장

"인간이라고?"

수많은 에메랄드족 요정이 한꺼번에 비명을 지르는 바람에 빅토리아는 손으로 귀를 막아야 했다. 미니도 깜짝 놀라 잠에서 깼다. 방에 있는 에메랄드족 요정들은 너나없이 몸을 숨기기 위해 옷장과 침대 밑으로 달려들고, 바깥에 있는 요정들은 횃불을 버리고 각자의 집으로 도망쳤다.

빅토리아는 창문으로 다가가 어둠 속을 들여다보았다. 인간의 배가 불빛을 밝히고 있었다. 위스클링 섬 가장자리에 멈춰 선 배는 달빛을 받으며 부드럽게 흔들렸다.

배 위에는 인간이 둘 있었다. 그중 한 인간이 배에서 뛰어내리더니 애써 균형을 잡았다. 다른 인간은 배를 정박시켰다.

빅토리아는 그들을 대번에 알아보았다. 나오미가 엄마랑 같이 왔어!

빅토리아는 더듬이에서 안도의 불꽃을 뿜으며 나오미와 엘리자베스가 성으로 다가오는 모습을 지켜보았다. 두 사람은 손전등을 들고 사방을 둘러보며 주위를 샅샅이 살폈다. 빅토리아는 손등으로 거칠게 눈을 비볐다. 하마터면 모든 걸다 잃을 뻔했구나. 그러고는 창문에 기대어 두 팔을 미친 듯이 흔들며 소리쳤다.

"나오미! 여기야!"

나오미는 성 앞에 무릎을 꿇고서 소리쳤다.

"빅토리아 폐하! 정말 걱정했다고요! 괜찮으세요?"

"네가 왔으니 괜찮아! 나를 구하러 왔구나!"

빅토리아는 행복하게 웃으며 소리쳤다.

"당연하죠! 폐하가 돌아오지 않아서 얼마나 걱정했다고요. 버스 시간도 놓쳤잖아요. 결국 엄마한테 전부 다 말했어요. 날씨가 너무 나빠서 겨우 배를 구하고 지금에야 온 거예요!"

엘리자베스가 나오미 뒤에서 나타났다. 여기저기를 둘러보는 두 눈에는 놀라움에 가득 차 있었다.

"안녕하세요, 폐하! 언젠가 다시 만나고 싶었는데 이렇게 보는군요!"

빅토리아는 환하게 웃었다. 빅토리아도 그간 엘리자베스가 보고 싶었으니까.

"두 사람이 와 줘서 얼마나 기쁜지 몰라! 나오미, 위스클링 요정 역사상 너처럼 좋은 친구는 다시 없을 거야!"

빅토리아가 외치는 말에 나오미는 방긋 웃으면서 창문 안을 더욱 열심히 들여다보더니 물었다.

"그 애가 미니 공주님인가요?"

"맞아! 미니랑 나는 당장 여기를 떠나야겠어! 여기에는 미니를 훔쳐 가고 날 지하 감옥에 넣으려는 요정들이 있거든."

"어머, 세상에!"

깜짝 놀란 엘리자베스가 걱정스레 외쳤다.

"그 요정들은 어딨어요?"

나오미가 흥미로운 눈빛으로 주위를 돌아보며 물었다. 빅토리아는 비웃음을 숨기지 못하고 말했다.

"숨어 있어. 나중에 다 설명해 줄게. 나랑 미니를 집에 데려다줄 수 있겠니?"

"그럼요!"

나오미는 고개를 끄덕이고는 빅토리아가 올라올 수 있도록 손바닥을 창가에 댔다. 빅토리아는 미니와 《위스클링 서》를 꼭 쥐고서 한쪽 다리를 손바닥에 올리려다가 문득 멈췄다.

"잠깐만 기다려!"

빅토리아는 돌아서서 급히 움푹한 바닥으로 달려갔다. 《위스클링 서》가 숨겨져 있던 곳이었다. 겁에 질린 채 침대 밑에 숨은 요정이 바라보는 시선을 느끼면서, 빅토리아는 에메랄드 가루 두 병과 어슐라인의 탄생석 조각을 모두 가방에 넣었다. 어슐라인의 지팡이도 가방에 챙겼다. 어슐라인이 다시는 지팡이나 탄생석을 가져선 안 돼!

가방을 멘 빅토리아가 다시 창문으로 달려가 나오미의 손 위에 올라섰다. 그러자 나오미와 엘리자베스는 미끄러운 바위를 조심스레 내려와 다시 배에 탔다.

"여기는 안전해요."

나오미가 생선 비린내가 살짝 나는 상자 안에 빅토리아와 미니를 살며시 내려놓으며 말했다. 나무 의자 위에 놓인 상자는 배 난간에 밧줄로 단단히 묶여 있었다. 나오미는 방울 달린 털모자를 벗어서 상자에 넣어 주며 물었다.

"이러면 미니 공주님이 따뜻하겠죠?"

빅토리아는 미니를 털모자 안에 넣고 천을 둥그렇게 뭉쳐 미니를 따뜻하게 감쌌다. 그러고는 상자의 구멍을 발판 삼아 옆면을 타고 올라갔다.

상자 위까지 다다른 빅토리아가 머리를 살짝 내밀었다. 배의 옆면과 그 너머로 위스클링 섬도 보였지만…… 마법 보호막 바깥으로 나와서인지 위스클링 섬의 진짜 모습은 보이지 않았다.

엘리자베스가 시동을 걸자 독한 휘발유 냄새가 공기 중에 퍼졌다. 나오미는 숨을 내쉬며 말했다.

"자, 이제 무슨 일이 있었는지 전부 말해 주세요, 폐하."

배가 위스클링 섬에서 멀어지자, 빅토리아는 나오미에게 그간 있었던 일을 말해 주려고 했다. 하지만 너무 작은 요정의 목소리는 엔진 소리와 바닷바람 소리에 묻혀 잘 들리지 않았다.

"안 되겠어요. 나중에 제대로 말해 주세요! 아, 잠깐만요.

엄마가 운전하는 걸 도와줘야겠어요!"

나오미가 소리치고는 비틀비틀 배 앞쪽으로 걸어갔다.

혼자 있게 된 빅토리아는 배 뒤편에 있는 상자 위에 서서 핑크 락을 바라보았다. 배가 점점 섬에서 멀어지는 가운데, 쌀쌀한 바람에 머리카락이 흩날렸다. 이렇게 에메랄드족 요정들에게서 벗어났구나.

어슐라인에게서 벗어난 거야.

온몸이 저릿하도록 안도감이 퍼졌다. 자랑스럽기도 했다. 해냈어! 미니를 셀레스틴에게 데려갈 수 있게 됐어. 어서 빨리 위스클링 숲으로 돌아가야지. 이제 모든 게 잘될 거야!

빅토리아는 망토를 꼭 여몄다. 나오미와 함께 있는 지금은 안전한 느낌이었다. 전혀 불안하지 않았다. 달빛 아래 어두운 거울처럼 보이는 바다를 항해하며, 그들은 시시각각 육지와 가까워지고 있었다. 빅토리아는 짭조름한 바다 공기를 한껏 들이마셨다.

그 순간, 무언가 옆구리를 쑥하고 꿰뚫었다. 날카로운 아픔에 놀란 빅토리아가 소리를 질렀다.

"조용히 해. 안 그러면 당장 죽여 버리겠어. 나한테 칼이 있거든."

익숙한 목소리가 귓가에서 들려왔다. 빅토리아는 숨을 죽이고, 고통에 얼굴을 찌푸리면서 목소리가 들리는 쪽으로 고개를 돌렸다. 하지만 그곳엔 아무도 없었다. 빅토리아가 새된 소리로 물었다.

"어디 있어?"

"바로 네 옆에!"

위험하리 만큼 명랑한 노랫소리 같은 어슐라인의 목소리가 대답했다.

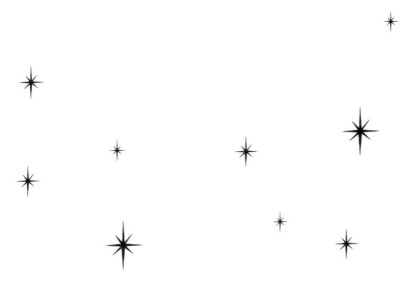

제32장

빅토리아는 걱정스러운 마음으로 상자를 내려다보았다.
미니는 나오미의 털모자를 안고서 새근새근 자고 있었다.

"어슐라인? 어떻게……?"

속삭여 묻는 동안에도 공포와 충격으로 목이 콱 멨다.

어슐라인은 고소하다는듯 새된 소리를 질렀다.

"그래, 나야! 인간들에게 소리쳐서 알릴 생각은 하지 마.
어차피 여기서 소리를 질러도 들리지 않을 테니까."

"어디 있어?"

빅토리아가 다시 물었다.

"여기 있다니까. 지금 투명 마법을 썼거든!"

어슐라인은 빅토리아의 뾰족한 귓가에 숨을 불었다.

"하지만…… **대체 어떻게?** 네 탄생석을 전부 가져왔는데! 네 에메랄드 가루도 싹 쓸어 왔다고!"

빅토리아의 목소리에 숨기지 못한 감탄이 섞였다.

"그래. 알아. **전부 돌려주면 좋겠는데.**"

어슐라인의 대답에 빅토리아는 달빛을 받아 창백한 얼굴을 찌푸렸다.

"넌 지하 감옥에 있었잖아. 대체 어떻게 탈출한 거야?"

"참 궁금한 게 많구나? 너도 내가 **똑똑한 거** 알지?"

어슐라인의 의기양양한 목소리가 들렸다. 빅토리아는 속삭여 대답했다.

"알아. 넌 정말 재능이 많아. 하지만 그중에서도 똑똑한 게 제일이야. 똑똑해도 너무 똑똑하다고!"

이윽고 어슐라인이 모습을 드러냈다. 손에 든 에메랄드 목걸이가 별빛 아래에서 초록색으로 반짝였다.

어슐라인이 씩 웃으며 말했다.

"이건 목에 걸기만 하면 몸이 투명해지는 **투명 마법 목걸이**야. 보석 상자에 보관하고 있었지. 투명 마법을 쓰는 것보다 훨씬 낭비가 덜해. 《위스클링 서》에서 만드는 방법을 찾아냈어. 책 뒤에 있는 복잡한 주문이었지. 그전까지는 투명 마법을 쓰느라 에메랄드 가루를 너무 많이 썼어."

빅토리아는 놀랍고 신기한 마음으로 목걸이를 바라보았다. 내 탄생석으로 투명 마법 목걸이를 만든다면 어떤 모양일까? 차갑고 단단한 다이아몬드를 쭉 꿴 모양이겠지? 다이아몬드에 새겨진 까만 얼룩이 줄처럼 이어지도록 연결했을 거야.

"하지만 그 목걸이로 어떻게 지하 감옥에서 나왔다는 건지 이해가 안 가."

빅토리아는 자신이 얼마나 감탄했는지 숨기며 말했다. 그러자 어슐라인은 자신이 얼마나 똑똑한지 빅토리아에게 알려 주고 싶은 티를 내며 말했다.

"그래. 투명 마법 목걸이만으로는 빠져나올 수 없었지. 하지만 버터스카치가 지하 감옥으로 달려와서 막 소리치더라. 섬에 인간이 왔다고. 그러면서 지팡이와 꽃송이가 어디 있는지 알아내려고 했어. 꽃송이를 타고 너희가 위스클링 숲으로 돌아가지 못하게 막아야 한다면서. 뭐, 그래서 내가 말했지.

지팡이와 꽃송이는 비밀 공간에 숨겨져 있는데 나만 열 수 있다고. 비밀 공간을 열려면 금지된 마법이 걸린 특별한 암호 주문을 외워야 한다고 말이야. 물론 다 헛소리였지."

어슐라인이 깔깔 웃었다.

"버터스카치가 네 말을 믿었어?"

"걔는 어떻게든 위스클링 섬을 지키려고 안달이 나 있었거든. 어리고 감수성이 풍부한 애잖아. 널 막으려면 그 방법밖에 없었을 거야. 적어도 걔는 그렇다고 생각했어. 버터스카치는 나한테 지팡이가 없다는 걸 알고서 나를 풀어 줘도 괜찮다고 생각했어. 자기가 똑똑한 줄 알았던 거지."

"멍청한 요정 같으니."

빅토리아가 툭 내뱉은 말에 어슐라인도 고개를 끄덕였다.

"멍청한 요정이고말고."

순간 둘 사이로 어둡고도 반짝이는 그 무엇이 스쳤다. 둘이 한마음이라는 찰나의 느낌이랄까.

빅토리아는 이내 정신을 차리고 현실로 돌아왔다. 어슐라인은 내 **적**이야. 잊어서는 안 돼.

어슐라인이 다시 이야기를 시작했다. 자신의 무시무시한 작전을 설명하게 되어 즐거운 모양이었다.

"나는 버터스카치에게 지하 감옥 여벌 열쇠가 어디 있는지 말해 줬어. 그렇게 걔는 내 뜻대로 날 구해 줬고, 결국 난 탈출했지. 내 꽃송이와 칼과 투명 마법 목걸이를 챙겨서 여기까지 온 거야."

빅토리아가 마른침을 삼켰다.

"내 탄생석을 찾으러 왔어. 네가 갖고 있다는 거 알아. 이리 내. 그리고 《위스클링 서》도. 그럼 너랑 미니는 그냥 보내 줄게."

어슐라인의 말에 빅토리아는 고개를 저었다.

"줄 수 없어. 그럴 수 없다는 거 알잖아. 난 모든 걸 제자리에 돌려놓을 생각이야."

어슐라인은 얼굴을 일그러뜨리며 화를 내더니, 칼을 더욱 세차게 꽂았다. 빅토리아는 살갗을 파고드는 칼날에 움찔 놀라 숨을 헐떡이며 말했다.

"정말로 모르겠니, 어슐라인? 넌 마법과 권력 때문에 망가졌어! 게다가 다른 위스클링 요정들의 삶도 망가뜨리고 있다고! 난 네가 진짜로 행복하다는 생각이 전혀 들지 않아!"

어슐라인의 더듬이에서 초록빛 불꽃이 파르르 흩어져 나왔다. 깜짝 놀란 어슐라인이 새된 소리로 외쳤다.

"뭐라고? 웃기지 마. 난 행복해! 너무너무 행복하다고! 아니지, 네가 내 탄생석을 돌려주면 더 행복하겠어!"

"정말로 행복하다면 더는 마법이 필요하지 않을 거야. 권력도, 영광도 필요하지 않다고. 그런 겉껍데기 같은 건 하나도 필요하지 않단 말이야."

빅토리아는 어쩌다 이렇게 현명한 말이 나온 건지 의아했다. 마치 셀레스틴의 목소리가 빅토리아의 몸을 빌려 나온 느낌이었다. 왕이 되면서 겸손함을 생각보다 더 많이 익혔나 봐!

"닥쳐. 언제부터 네가 그렇게 착했다고 그런 말을 하는 거야? 참 위선적이네! 너는 그런 말할 자격 없어! 너야말로 어떻게든 왕이 되려고 발버둥쳤잖아!"

어슐라인의 말에 빅토리아가 반박했다.

"맞아, 그랬지. 권력과 주변의 관심을 갖고 싶었으니까. 하지만 그거 알아? 이젠 그게 전부가 아니라는 걸 알게 됐어. 왕이 되면 **의무**도 많아져. 위스클링 숲의 요정들이 행복하게 지낼 수 있도록 도와야 한단 말이야. 사실 그 일은 꽤 지루하기도 해. 하지만 난 왕이 돼서 행복한 것보다 미니 때문에 더 행복해졌어! 덕분에 이젠 알아. 미니야말로 내게 가장 소중한 존재야."

어슐라인이 눈살을 찌푸렸다.

빅토리아는 출렁이는 배 아래로 파도가 이는 검은 바다를 멍하니 바라보다 퍼뜩 놀랐다. 방금 어슐라인에게 한 말이 빅토리아의 진심이었다. 옳은 일을 하려고 할 때면 가끔 마음 속에서 시끄러운 싸움이 일어나기도 하지만, 어쨌든 빅토리아는 옳은 일을 했다.

옳지 않은 일을 할 때도 있지만.

"누군가를 소중히 여기는 게 얼마나 기분 좋은 일인지 알아? 나만이 아닌 다른 이를 생각하고, 아끼고, 사랑하는 게 얼마나 기분 좋은지 넌 모르겠지."

빅토리아가 어슐라인에게 물었다. 어슐라인은 빅토리아를 빤히 바라보았다. 은빛 달이 밝히지 못한 캄캄한 어둠 속에 가려진 어슐라인의 표정이 보이지 않았다. 이윽고 어슐라인이 입을 열었다.

"우린 한때 좋은 친구였잖아. 다시 잘 지낼 수 있어! 인간 세계로 도망가자. 미니도 데려가게 해 줄게. 우리에게는《위스클링 서》가 있잖아! 필요한 건 거기 다 있다고! 위스클링 숲의 모든 의무에서도 벗어날 수 있어. **원하는 건 뭐든지 할 수 있어.**"

아주 잠깐, 어슐라인의 말을 듣고 빅토리아의 더듬이가 파르르 떨렸다. 모든 것에서 벗어난 자유! 신나는 삶!

하지만…… 빅토리아에게는 셀레스틴이 있었다. 위스클링 숲이 있었다.

결국 빅토리아가 힘없이 대답했다.

"난 널 믿을 수 없어. 너도 알잖아."

"다시 시작할 수 있다니까?"

어슐라인이 칼끝에 서린 힘을 아주 살짝 빼면서 물었다.

빅토리아는 힘겹게 고개를 저었다. 어슐라인의 강력하고 치명적인 유혹에 또다시 넘어갈 수는 없었다.

"우리는 두 번 다시 예전처럼 지낼 수 없어, 어슐라인."

빅토리아는 단호하게 대답하고는 점점 가까워지는 육지를 바라보았다. 하지만 어슐라인은 쉽게 포기하지 않았다.

"그렇다면 휴전은 어때? 내 탄생석을 돌려주는 거야. 지팡이랑 《위스클링 서》도. 그러면 너를 괴롭히거나 위스클링 숲도 어지럽히지 않고 인간 세계로 사라질게."

"너한테 탄생석을 줄 수 없다고, 어슐라인! 네가 그걸 가지고 무슨 짓을 할지 믿을 수가 없어!"

그 말에 어슐라인은 눈을 가늘게 뜨더니 칼을 쥔 손에 힘을 줬다. 빅토리아가 고통에 얼굴을 일그러뜨렸다.

"이리 내놔!"

어슐라인이 갑자기 분노하며 험악하게 외쳤다. 하지만 빅토리아도 만만치 않았다.

"싫어! 못 줘!"

그 순간, 빅토리아가 갑자기 가방을 벗어 있는 힘껏 배 밖으로 던졌다. 어슐라인은 공포에 질려 자신의 탄생석이 든 가방이 검은 파도 아래로 사라지는 광경을 바라보았다.

　빅토리아는 화가 난 어슐라인이 칼을 끝까지 찔러 넣을 거라고 생각했다. 하지만 놀랍게도 어슐라인은 칼을 놓았다. 단검이 상자 바닥으로 쨍그랑 떨어졌다. 어슐라인은 목구멍을 긁는 듯한 비명을 지르며 허둥지둥 난간으로 달려갔다.

　빅토리아는 어슐라인의 치맛자락을 붙잡았다.

　"잠깐만, 어슐라인! 뭐 하는 거야?"

　"내 마법! 내 권력! 난 그것들이 없으면 아무것도 아니야!"

　어슐라인은 배에서 펄쩍 뛰어내려 탄생석이 든 가방이 가라앉은 바다로 뛰어 들었다. 파도가 어슐라인의 머리 위를 덮쳤다.

　"어슐라인!"

　빅토리아가 비명을 질렀다. 난간에 몸을 기대고 바다 위를 샅샅이 살펴보았지만 어슐라인의 흔적은 어디에도 보이지 않았다.

　어슐라인이 사라진 지점이 유유히 멀어졌다. 빅토리아는 멍하니 새까만 바다를 지켜보았다. 어슐라인이 탄생석을 찾기 위해 바다에 뛰어 들 줄은 몰랐어. 마법이 없으면 아무것도 아니라니, 정말로 그렇게 생각하는 걸까? 바다 깊숙이 사라져 버린 탄생석을 되찾을 수 있다고 진짜 믿은 걸까?

빅토리아는 어슐라인이 안쓰러웠다. 자기 자신도 안쓰러웠다. 어슐라인은 위험한 존재였지만, 한때는 아주 특별한 존재였음을 부정할 수 없었다. 그때의 어슐라인은 하나밖에 없는 친구였다. 둘 사이에는 통하는 게 있었다. 그래서 더없이 즐거웠다. 위험했지만, 신비한 마법 같이 멋진 사이였다.

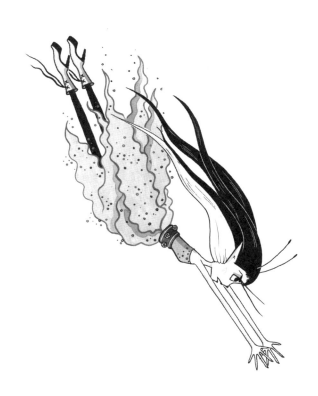

빅토리아는 눈물을 닦고 미니를 보았다. 요정 공주는 곧 셀레스틴이 있는 집으로 돌아가 안전해질 터였다. 모든 위협은 사라졌다. 그리고 셀레스틴이 있는 한, 위스클링 숲도 안전했다.

빅토리아가 뱃머리로 고개를 돌리고 점점 더 가까워지는 육지를 바라보았다. 상자 위에 조각상처럼 가만히 앉아 있는 빅토리아의 머리카락이 바람에 휘날렸다.

드디어 나오미는 엄마와 함께 배를 정박시켰다. 절벽 옆을 깎아 만든 돌계단 아래에 배가 섰다. 마침내 상자에 다가온 나오미가 외쳤다.

"무사히 도착했어요! 우리가 해냈다고요! 앗, 추워 보이시네요, 폐하. 괜찮으세요? 저 자그마한 칼은 뭐예요? 어디에 쓰려고요?"

"아무것도 아니야."

빅토리아가 대답했다. 아직은 어슐라인 이야기를 하고 싶지 않았다. 그래서 다시 상자로 내려가 칼을 주워 망토 속에 넣었다. 그런 다음 미니의 달콤하고 따스한 온기를 느끼고 싶은 마음에 미니를 들어 안았다.

나오미가 장갑을 낀 손을 내밀었다. 빅토리아는 미니와 함께 그 위로 올라갔다.

배에서 내린 엘리자베스가 중얼거렸다.

"후, 진짜 춥다!"

"이제 어디로 갈까요? 바로 위스클링 숲으로 돌아가시겠어요, 폐하?"

나오미의 물음에 빅토리아는 고개를 끄덕였다.

"응! 하지만 입구까지 어떻게 가야 할지 모르겠어. 꽃송이가 없어서."

"우리가 차로 데려다드릴게요."

나오미가 열렬한 목소리로 말하자, 빅토리아가 대답했다.

"고마워, 그러면 중간까지만 데려다줘. 그다음부터는 알아서 갈게."

위스클링 숲의 입구가 정확히 어디인지는 나오미에게도 말한 적이 없었다. 빅토리아의 가장 친한 친구라 해도, 인간에게 위스클링 숲의 위치는 반드시 비밀이어야 했으니까.

"인간 숲 어딘가에 우리를 내려 주면 되겠다. 거기서부터는 내가 위스클링 숲까지 걸어갈게."

엘리자베스는 아무도 없는 시골길을 따라 운전했다. 차 안은 그저 고요했다.

잠시 뒤, 들판 옆 공터에 차가 멈춰 섰다. 저 너머에 숲의 끝이 보였다.

엘리자베스는 차를 한쪽에 주차하고 말했다.

"여기서부터는 차로 갈 수 없어요. 원한다면 우리가 들판을 건너 숲까지 데려다줄게요, 폐하."

빅토리아는 밤하늘을 올려다보았다. 달이 밝은 밤이었다.

"그래 주면 좋겠어. 고마워!"

빅토리아와 미니는 나오미의 장갑 낀 손에 포근하게 몸을 맡겼다. 나오미는 엄마와 함께 들판을 가로지르며 숲을 향해 걸어갔다. 눈앞에 어두운 숲이 나타나자, 나오미가 부르르 몸을 떨었다.

"밤에 보니 좀 으스스하네요!"

하지만 모두들 멈추지 않고 숲속으로 들어갔다. 앙상한 나뭇가지가 찬 바람에 흔들리며 바스락거렸고, 어디선가 부엉이 한 마리가 낮게 울었다. 빅토리아는 자기도 모르게 몸을 파르르 떨었다.

나오미와 엘리자베스는 바닥에 널린 나뭇잎을 바삭바삭 밟으며 숲속을 조심스레 걸었다. 어둠 속에서 나오미의 눈이 휘둥그레졌다.

"밤에 숲속을 걸으니까 정말 오싹해!"

몇 시간을 걸었을까. 근처에서 개울이 졸졸 흐르는 소리가 들렸다. 빅토리아가 신나서 소리쳤다.

"맞게 왔어! 다행히 잘 찾아왔구나. 개울을 찾아 줘, 나오미. 그 개울을 따라 한참을 더 걸어야 해."

나오미는 빅토리아 말대로 개울을 찾았다. 그리고 은빛리본처럼 빛나는 자그마한 개울을 따라 숲을 올라갔다. 빅토리아는 눈에 익은 장소가 나오자, 나오미와 엘리자베스에게 여기서 돌아가 달라고 말했다.

"여기까지 같이 와 준 것만으로도 충분해. 이제부터는 내가 걸어서 갈게."

나오미는 고개를 끄덕였지만, 모험이 끝났다는 생각에 살짝 실망한 눈치였다. 빅토리아는 고마움을 담아 소중한 친구를 바라보았다.

"도와줘서 고마워. 네가 구하러 오지 않았다면 무슨 일이 벌어졌을까. 넌 내 목숨을 구해 줬어!"

"제가 언제나 폐하를 지켜 줄게요! 금방 저를 보러 다시 올 거죠?"

나오미가 묻자 빅토리아는 약속했다.

"최대한 빨리 갈게!"

나오미는 활짝 웃더니, 무릎을 꿇고서 미니를 안은 빅토리아를 살며시 내려놓았다. 빅토리아는 엘리자베스에게 손을 흔들어 인사했고, 엘리자베스도 똑같이 손을 흔들었다.

"고마워!"

빅토리아가 소리치자, 엘리자베스가 대답했다.

"천만에요. 폐하를 다시는 못 볼 줄 알았는데, 이렇게 보게 되어서 반가웠어요!"

빅토리아는 손바닥에 입 맞춰 두 사람에게 키스를 날린 다음, 돌아서서 걸어가는 나오미와 엘리자베스의 뒷모습을 지켜보았다.

둘 다 숲속 깊숙한 곳으로 사라졌다는 걸 확실하게 확인한 빅토리아는 미니를 가슴에 꼭 안고 개울을 따라 걷기 시작했다. 별무늬가 새겨진 나무를 찾아야 했다. 한밤에 이렇게 혼자 걸으려니 마음이 불안했다. 인간 세계의 숲에는 사나운 동물이 있을 수도 있는데, 지금 빅토리아에게는 지팡이도 없었다.

마침내 빅토리아는 별무늬가 새겨진 나무 앞에 도착했다. 그 옆으로는 달빛을 받아 희미하고 은은하게 빛나는 공간이 공중에 떠 있었다. 위스클링 숲의 입구이자 출구였다. 안에서 나갈 때는 출구가 되고, 밖에서 들어갈 때는 입구가 되는 곳이었다.

"다 왔다!"

빅토리아가 미니에게 속삭였다. 내가 해냈어! 안도감이

몽글몽글 피어올랐다. 그러고는 흐릿하게 빛나는 공간으로 들어갔다.

순식간에 빅토리아 앞으로 위스클링 숲 입구가 나타났다. 입구 앞 검문소 창문에서 노란 불빛이 새어 나왔다. 검문소 옆에는 숲으로 통하는 금색 문이 두 개 있었다. 하나는 개울 위의 배들이 통과하는 문이었고, 다른 하나는 육지에 있는 문이었다.

그런데 빅토리아가 검문소로 다가갈 겨를도 없이, 누군가가 그 안에서 뛰어나왔다. 헝클어진 연한 금발머리 위로 비뚤어진 왕관이 보였다.

바로 셀레스틴이었다!

"미니!"

셀레스틴은 울먹이면서 아기 공주를 향해 팔을 뻗었다. 빅토리아가 셀레스틴에게 미니를 건네주었다. 조카와 동생이 함께 있는 모습을 보니 행복이 가득 차올랐다. 드디어 내가 있어야 할 곳으로 왔구나.

셀레스틴은 미니를 꼭 껴안고서 눈물을 주룩주룩 흘렸다. 그러더니 빅토리아도 함께 껴안고 흐느끼며 말했다.

"고마워! 정말 고마워! 용감하고 겁 없는 우리 언니! 대체 어떻게 미니를 찾았어? 어슐라인이랑 아스트로펠 경은 어디 있어?"

하지만 빅토리아는 터져 나오는 하품을 참을 수가 없었다. 지금은 너무 지치고 힘들어.

"말하자면 길어. 일단 왕궁으로 돌아가자. 가서 다 이야기해 줄게."

제33장

빅토리아와 셀레스틴이 떡갈나무 왕궁에 도착했을 때는 벌써 해가 뜨고 있었다. 땅을 덮은 눈이 햇살을 받아 금색 먼지처럼 은은히 반짝였다.

셀레스틴은 응접실로 올라가면서도 계속 재잘거렸다.

"정말 믿을 수가 없네! 새로운 위스클링 왕국이라니! 그런 건 상상해 본 적도 없어!"

"그래. 직접 보니까 감탄이 나오더라. 셀레스틴 너도 봤어야 하는 건데. 그 성은 뭐랄까……. 음, 정말 으리으리하고 멋있었어."

빅토리아가 말끝을 흐리며 설명하자, 셀레스틴은 궁금하다는 눈초리로 언니를 바라보았다.

"하지만 그 요정들은 모두 끔찍한 짓을 저질렀잖아, 안 그래? 아스트로펠 경이며 어슐라인 그리고 사파이어회 요정들 말이야……."

빅토리아는 셀레스틴 말에 고개를 끄덕였다.

"맞아. 하지만 너도 인정할 건 인정해야 해. 그 요정들은 참 똑똑했어!"

셀레스틴이 마지못해 인정했다.

"그래, 그렇지만 당장 경찰을 보내야겠어!"

빅토리아는 대답이 없었다. 셀레스틴이 다시금 물었다.

"언니도 그렇게 생각하지 않아? 도서관에 침입해서 《위스클링 서》를 훔치고 미니를 납치했잖아!"

"알아. 그 요정들은 나쁜 짓을 저질렀어. 아주 끔찍한 짓을 말이야! 게다가 다들 날 미워하는 것 같더라. 그 마음이 변할 것 같진 않아. 하지만 들어 봐, 셀레스틴. 내가 오면서 쭉 생각해 봤는데, 그 요정들을 모두 데려오면 일이 너무 복잡해질 것 같아……. 그러니까 그 요정들을 섬에 그냥 두는 게 어때?"

깜짝 놀란 셀레스틴이 숨을 삼켰다.

"뭐라고? 그럴 순 없어!"

빅토리아가 계속 설명했다.

"왜 안 돼? 우리는 경찰을 보내서 그 요정들의 지팡이와 꽃송이만 압수하면 돼. 그리고 매주 탐험가들을 보내서 식량을 갖다주면 굶어 죽지는 않을 거야. 누가 알겠어? 시간이 지나면 그 요정들도 위스클링 숲으로 돌아올 준비가 될지. 물론 본인들이 원해야 하겠지만."

셀레스틴은 눈살을 찌푸렸다.

"언니가 쭉 생각해 왔다는 건 알겠지만, 난 그게 좋은 방법인지 잘 모르겠어……."

"마법 없이 섬에 갇혀 사는 것만으로도 그 요정들에겐 충분한 벌이 될 거야. 자기들만의 왕국에서 살고 싶다잖아. 그럼 그러라고 해!"

"그럴 수도 있겠네. 언니 말대로 그냥 내버려두는 게 더 나을 것 같아."

셀레스틴도 생각을 차근차근 정리하며 말했다. 빅토리아가 고개를 끄덕였다.

"위스클링 숲 감옥에 갇히는 것만큼 심한 벌은 아니지. 하지만 나는 조금 너그러워져야 할 것 같은 기분이 들어."

"언니가?"

셀레스틴은 좀 놀란 듯했다. 빅토리아는 얼굴을 살짝 붉히며 대답했다.

"그게, 나도 이런저런 나쁜 짓을 좀 저질렀잖아? 정말 심한 일이었어. 예를 들면, 규칙을 어기고 인간들에게 모습을 드러낸 거! 그리고 《위스클링 서》에 있는 금지된 마법도 함부로 썼지. 하지만 너는 날 용서하고, 위스클링 숲의 요정들에게도 날 용서해 달라고 설득했잖아. 뭐, 요정들이 다 날 용서한 건 아니었지만."

"맞아. 어쩌면 언니 말이 옳을지도 몰라. 솔직히 말해서 언니한테 좀 놀랐어. 빅토리아 스티치! 언니라면 그 요정들을 용서는커녕 벌을 주자고 했을 것 같았거든!"

셀레스틴의 말에 빅토리아는 음험하게 대답했다.

"아, 난 그 요정들을 **용서하지 않아.** 하지만 좋은 왕이 되고 싶어서 사사로운 감정에 얽매이지 않으려고 노력하는 거야. 너처럼 **좋은 왕**이 되고 싶어. 공정한 왕 말이야. 그래서 그 요정들이 잠시 섬에서 지내는 게 모두에게 좋을 거라고 생각한 거야. 그곳은 인간들로부터 완벽하게 숨겨진 안전한 곳이잖아."

셀레스틴이 고개를 끄덕였다.

"언니를 믿어."

빅토리아가 활짝 웃었다. 셀레스틴이 인정해 준다는 건 빅토리아에게 중요한 의미였으니까.

빅토리아는 망토 속에서 《위스클링 서》를 꺼내 앞에 있는 커피 테이블에 올려놓았다. 셀레스틴은 놀란 표정으로 눈을 반짝이더니, 표지에 박힌 빛나는 보석을 쓰다듬었다.

"나 이거 처음 만져 봐!"

셀레스틴이 속삭이는 말에 빅토리아는 솔직히 고백했다.

"사실 나 이거 바다에 버릴 뻔했어. 어슐라인의 탄생석을 던질 때 같이 버릴까 했거든. 이 책은 골칫덩이야. **날 유혹한다고!**"

"음, 버리지 않아서 정말 다행이야! 이 책에는 온갖 마법이 다 들어 있잖아. 위험한 주문도 있지만, 언젠가 위급한 순간이 닥쳤을 때 필요한 중요한 주문도 많이 있어! 예를 들어서, 문제가 생기면……."

"알아. 그래서 안 버린 거야. 하지만 이 책은 아무도 모르는 비밀 장소에 보관해야 한다고 생각해. 어슐라인처럼 똑똑한 요정이 다시 나타날지도 모르니까, 보안도 더 철저하게 하고."

셀레스틴이 갑자기 책에서 손을 거두며 동의했다.

"언니 말이 맞아. 너무 강한 마법과 권력은 위험해."

"어디에 둘지는 네가 정하는 게 좋겠어. 그리고 나한테는 절대로 말하지 마! 난 알고 싶지 않아! 알아서도 안 되고! 널 믿을게."

빅토리아의 말에 셀레스틴이 미소 지으며 고개를 끄덕였다.

"알았어. 이래서 우리가 함께 잘해 나갈 수 있는 거야. 달빛과 햇빛 같고, 충동적인 요정과 생각 많은 요정이니까. 언니가 무사히 돌아와서 정말 기뻐! 우리가 같이 왕국을 다스리게 되어 정말 좋아!"

빅토리아의 더듬이에서 가득한 은빛 불꽃이 반짝였다. 빅토리아는 팔을 뻗어 셀레스틴과 미니를 함께 안았다. 미니가 아늑하고 포근한 둘 사이를 파고 들었다.

"언젠가 미니가 왕이 된다면 어떤 모습일까."

셀레스틴이 중얼거리자, 빅토리아가 대답했다.

"그때도 여전히 미니일 거야."

제 34장

드디어 위스크마스 아침이 밝았다. 위스클링 숲에 반짝이는 눈송이가 내려앉았다. 상점가는 부츠와 방울 달린 털모자 차림의 요정들이 웃고 떠드는 소리가 가득했다. 캐럴을 부르는 합창단의 노랫소리가 바람에 실려 들려왔다. 요정 아이들은 눈요정을 만들어 나뭇가지 팔을 꽂고 도토리 모자를 씌웠다. 거리의 나뭇가지마다 전구가 반짝였다.

올해 위스크마스는 평소보다 훨씬 더 성대했다. 다들 다이아몬드 공주가 무사히 돌아왔다는 소식에 기뻐했다. 공기 중에 환희와 안도감이 파르르 흩날렸다.

응접실에 앉아 있던 빅토리아가 미니에게 은색 꾸러미를 주며 물었다.

"네 선물이야, 미니! 이거 어떻게 열게? 이것 봐!"

빅토리아는 미니를 도와 포장지를 벗겼다. 안에는 미니 드래곤 인형이 들어 있었다. 그런데 미니는 인형을 옆으로 치우고 오히려 포장지를 갖고 놀기 시작했다. 빅토리아가 눈을 흘기자, 셀레스틴이 급히 끼어들었다.

"괜찮아, 그럴 수도 있지. 언니, 내 선물도 열어 봐!"

셀레스틴은 은색과 검은색 줄무늬 리본으로 포장한 상자를 빅토리아에게 건넸다. 상자는 크고 무거웠다. 신나게 리본을 풀자, 아름다운 왕관이 보였다. 은은하게 빛나는 검은색 왕관에는 진분홍색 투르말린과 보라색 자수정, 금빛이 도는 초록색 페리도트가 박혀 있었다. 모두 빅토리아가 좋아하는 색이었다! 바닥 부분에는 가장자리를 따라 연분홍색 점박이 무늬 털을 댔고, 안쪽은 무지갯빛이 일렁였다.

"내가 만든 거야. 골든듀크 보석상에 갔더니 도와주셨어! 예전처럼 보석을 만지면서 시간을 보냈더니 기분이 좋더라."

수줍게 말하는 셀레스틴에게 빅토리아가 소리쳤다.

"정말 아름다워!"

"내가 언니를 얼마나 자랑스러워하는지 알려 주고 싶었어. 미니를 구한 일은 영원히 잊지 못할 거야. 언니는 훌륭한 왕이야! 언니는 그 사실을 믿지 못하는 것 같지만, 정말이야!"

빅토리아가 눈을 빠르게 깜빡였다. 까만 속눈썹 사이로
반짝이가 우수수 쏟아졌다.

"고마워, 셀레스틴."

빅토리아는 그날 내내 새 왕관을 쓰고 다녔다. 선물을 풀 때도, 모닥불 주위를 돌며 춤을 출 때도, 틴젤과 앰버, 트윌라를 비롯한 셀레스틴의 친구들과 다 함께 위스크마스 저녁 식사를 하는 동안에도 왕관은 빅토리아 머리에 자리했다. 미니와 함께 앉아 환하게 웃으며 함께 앉은 요정들에게 미니를 구한 이야기를 들려주니 기분이 참 좋았다.

셀레스틴과 함께 왕이 된 뒤 처음으로 빅토리아는 머리에 쓴 왕관의 무게를 느꼈다. 그리고 생각했다. 자신은 왕이 될 자격이 충분하다고.

에필로그

여섯 달 뒤

빅토리아는 나오미가 정원에 설치해 준 미니 수영장에서 인형용 고무 튜브를 끼고 행복하게 떠 있었다. 나오미는 그 옆에 누워 더없이 흐뭇한 미소를 지었다. 둘은 지난 며칠 동안 함께 지냈다. 짧은 휴가를 받은 빅토리아가 인간 세계에 놀러 왔기 때문이다.

빅토리아는 만족스레 웃으면서 나오미가 만들어 준 음료를 한 모금 마셨다. 그러고는 정원 아래쪽을 슬쩍 바라보았다. 정원 아래로 푸른 바다가 반짝이고, 잔디밭 위에는 성이 한 채 서 있었다. 위스클링 요정이 쓰기에 충분한 크기의 아름다운 성이었다. 짙은 회색 돌로 만든 성에는 성벽과 포탑이 있고, 성벽을 둘러 흐르는 연못에는 도개교까지 놓여 있었다.

드디어 빅토리아가 꿈꾸던 성이 생긴 것이다! 이 성은 아
무도 모르는 특별한 장소였다. 아, 물론 나오미만 빼고.

이곳은 빅토리아가 오롯이 혼자가 될 수 있는 공간이었다. 여기에 있으면 나답게 있을 수 있었다. 위스클링 숲의 왕이 되어 느끼는 답답함과 압박을 잊을 수 있는 곳, 아무도 몰래 조금은 **나쁜 요정**으로 반짝일 수 있는 곳 말이다.

빅토리아는 셀레스틴과 함께 좋은 왕이 되기 위해서 최선을 다하고 있고, 권력과 화려함이 있다고 해서 행복해지는 건 아니라는 것을 깨달았다. 그래도 빅토리아는 가끔 자신다운 모습을 드러내야 했다.

그럴 때마다 어슐라인이 떠올랐다.

나의 어두운 그림자 같은 요정.

어둡고도 반짝이는 모습이겠지.

끝.

해리엇 먼캐스터

수많은 상을 받은 세계적인 베스트셀러 작가로, 어린 시절부터 그림을 그리고 글을 쓰며 자그마한 주인공들이 등장하는 자그마한 세상을 이야기 속에 담아내고 있다. 지금은 남편, 딸과 함께 영국 베드퍼드셔에 있는 아름다운 언덕 마을에 산다. 대표 저서로 〈이사도라 문〉 시리즈, 〈마녀 요정 미라벨〉 시리즈가 있다.

심연희

연세대학교와 동 대학원에서 영문학을 공부하고 독일 뮌헨 대학교 LMU에서 언어학과 미국학을 공부했다. 현재 영어와 독일어 전문 번역가로 활동하고 있다. 대표 역서는 《사악한 자매》, 《미드나잇 선》, 《고양이는 내게 행복하라고 말했다》, 《퍼펙트 마더》, 《어둠의 눈》, 〈이사도라 문〉 시리즈, 〈마녀 요정 미라벨〉 시리즈 등이 있다.

빅토리아 스티치 3: 요정의 섬과 새로운 왕

지은이 해리엇 먼캐스터
옮긴이 심연희

1판 1쇄 인쇄 2024년 11월 7일
1판 1쇄 발행 2024년 12월 4일

펴낸이 김영곤
프로젝트2팀 김은영 권정화 김지수 이은영 박시은 우경진 오지애 **교정교열** 고양순 **디자인** 임민지
아동마케팅 장철용 명인수 송혜수 손용우 최윤아 양슬기 이주은
영업 변유경 김영남 전연우 강경남 최유성 권채영 김도연 황성진
해외기획 최연순 소은선 홍희정 **제작** 이영민 권경민

펴낸곳 (주)북이십일 을파소
출판등록 2000년 5월 6일 제406-2003-061호
주소 (우10881) 경기도 파주시 문발동 회동길 201
대표전화 031-955-2100 **팩스** 031-955-2177
홈페이지 www.book21.com

ISBN 979-11-7117-871-1
ISBN 978-89-509-9830-1 (세트)